怀鱼记

时代出版传媒股份有限公司
安徽文艺出版社

作者　王祥夫

　　王祥夫，作家，以小说、散文创作为主。作品多见于国家级刊物，诸如《中国作家》《当代》《十月》《人民文学》《上海文学》《小说选刊》《小说月报》《中篇小说选刊》《山西文学》《黄河》《新华文摘》《收获》《北京文学》《芙蓉》《江南》等。文学作品曾获第三届鲁迅文学奖、《上海文学》奖、《小说月报》百花奖、赵树理文学奖、林斤澜短篇小说·杰出作家奖、紫金·雨花文学奖等。出版有长篇小说、中短篇小说集、散文随笔集五十余部。

当代名家精品珍藏

怀鱼记

王祥夫 著

时代出版传媒股份有限公司
安徽文艺出版社

图书在版编目（CIP）数据

怀鱼记/王祥夫著.—合肥：安徽文艺出版社，2024.6
（当代名家精品珍藏）
ISBN 978-7-5396-7844-3

Ⅰ．①怀… Ⅱ．①王… Ⅲ．①短篇小说－小说集－中国－当代 Ⅳ．①I247.7

中国国家版本馆CIP数据核字(2023)第165617号

怀鱼记
HUAI YU JI

出 版 人：姚 巍	总 统 筹：汪爱武
责任编辑：汪爱武	装帧设计：观止堂_未氓

出版发行：安徽文艺出版社　　www.awpub.com
地　　址：合肥市翡翠路1118号　邮政编码：230071
营 销 部：(0551)63533889
印　　制：安徽新华印刷股份有限公司　　(0551)65859551

开本：880×1230　1/32　印张：8　字数：187千字
版次：2024年6月第1版
印次：2024年6月第1次印刷
定价：42.00元(精装)

(如发现印装质量问题，影响阅读，请与出版社联系调换)
版权所有，侵权必究

目 录

怀鱼记 / 001

真是心乱如麻 / 026

房客 / 038

狼尾头 / 047

户外活动者 / 070

河南街 / 080

广场上有什么 / 094

午夜辞典 / 105

理发店 / 120

泣不成声 / 131

猞猁皮是什么 / 142

刺青 / 154

豌豆 / 164

翩翩再舞 / 175

音乐 / 186

告诉你清明节我要去钓鱼 / 196

蕾丝王珍珠 / 210

明年没有夏天怎么办 / 230

怀鱼记

谁也不知道这条江从东到西到底有多长。有人沿着江走,往东,走不到头,往西,也走不到头。而这条江又叫了个"胖江"的名字,江还有胖瘦吗?真是好生古怪。这条江其实早就无鱼可打了,用当地人的话说就是这条江早已经给搞空了,虽然江里还有水,但水也早已变成了很窄很细的一道,所以说这条江现在叫"瘦江"还差不多。虽然如此,但人们还会经常说起这条江的往事,岁数大一点的还能记起哪年哪月谁谁谁在这条江里打到了一条足有小船那么大的灰鱼,或者是哪年哪月谁谁谁在这条江里一次打到的鱼几车都装不下,一下子就发了财,娶了个内江媳妇。这个人就是老乔桑。

当年,江边的人们都靠打鱼为生,别看鱼又腥又臭,但鱼给了人们房子,给了人们钱和老婆,鱼几乎给了人们一切。但现在人们都不知道那些银光闪闪,大的、小的,扁嘴的、尖嘴的,成群游来游去的鱼都去了什么地方。这条江里现在几乎是没有鱼了,即使有人划上船去江里,忙乎一天也只能零零星星搞到几条指头粗细的小鱼。男人们只好把船拉到岸上用木棍支了起来外出四处游荡,女人们也不再织补渔网,人们在心里对鱼充满了仇恨,但每过不久还是要到鱼神庙那里去烧几炷香。"鱼啊,别再四处浪游,赶快回家!"人们会在心里说。

老乔桑当年可是个打鱼的好手,村里数他最会看水,他的手往哪里一指,哪里的水过不多久就会像是开了锅,鱼多得好像只会往网眼里钻。乡里赏识他,说像他这种人才是当村主任的料,但他当村主任十几年没搞出什么名堂。

老乔桑老了,现在没事只会待在家里睡觉,或者挂着根棍站在江边发呆。他那个内江老婆已经抢先一步睡到地里去了,尖尖的坟头就在江边的一个土坡上。

老乔桑的两个儿子先后去了县城,他们都不愿待在江边。江边现在什么都没有,他们也不会去江边种菜,再说也没有哪一片江边的土地会属于他们,江边的土地都是被现在的村主任指使人们开出来的。虽然江里没了鱼,但江边的土地十分肥沃,青菜、萝卜、洋芋,无论什么菜种下去过不几天就会"咝咝咝咝"地长起来,而且总是长得又好又快。不少过去靠打鱼为生的人现在都去种菜了,撅着屁股弯着腰,头上扣顶烂草帽,乔土罐就是其中的一个。

老乔桑对在河边种菜的乔土罐说:

"鱼都给你们压到菜下边了。

"鱼都被你们压死了。

"听没听到鱼在下边叫呢。"

乔土罐被老乔桑的话笑得东倒西歪:

"老伙计老村主任,人老了说疯话倒也是件好事,要不就不热闹了。"

老乔桑更气愤了,用手里的木棍子愤怒地敲击脚下的土地:

"知道不知道鱼都被你们压到这下边了,还会有什么好日子!"

乔土罐说:"老伙计老村主任,莫喊,县城的日子好,你怎么就不跟你儿子去县城?县城的女人皮肤能捏出水,有本事你去捏。"

老乔桑扬起手里的棍子对乔土罐说:"我要让鱼从地里出来,它们就在这下边,都是大鱼,我的棍子指到哪里哪里就是鱼。"

乔土罐和那些种菜的人都嘻嘻哈哈笑得东倒西歪。

"下边是江吗?那咱们村有人要做鳖了,乔日升第一个去做!"乔土罐说。

老乔桑说:"信不信由你们,我天天都听得清下边的水'哗啦哗啦'响,我天天躺在床上都听得清下边的鱼在'吱吱吱吱'乱叫。"

人们都被老乔桑的话说得有些害怕,你看看我,我看看你,然后又都看定了老乔桑。过了好一会儿,乔土罐用脚跺跺地面,说:"老伙计老村主任,我们当然都知道地球这个土壳子下边都是水,要不人们怎么会在这上边打井呢?但水归水,鱼归鱼,有水的地方未必就一定会有鱼,是你整天胡思乱想把个脑壳子给想坏了,是鱼钻到你脑壳子里去了,所以你才会天天听到鱼叫。"

乔土罐一跳,把一支点着的烟递给老乔桑。

"现在江里的水都坏了,哪还会有大鱼?"乔土罐说。

"我见过的鱼里灰鱼最大。"老乔桑把烟接过来。

"还要你说。"乔土罐说。

"就没有比灰鱼大的。"老乔桑又说。

"说点别的吧。"乔土罐说。

"我也快要到这下边去睡觉了,不知还能不能看到大鱼。"老乔桑边说边用棍子敲敲地面。

老乔桑也已经有好多年没见到过这样大的鱼了。

这天中午,老乔桑的大儿子树高兴冲冲地提回了两条好大的灰鱼。

树高开着他那辆破车跑了很远的路,出了一头汗。他把鱼从车上拖下来,再把鱼使劲拖进屋子,"扑通"一声撂在地上,然后从水缸里舀起水就喝,他快要渴死了。这几天闷热异常,黑乎乎的云在天上堆着,就是不肯把雨下下来,这对人们来说简直就是一种挑衅。

老乔桑被地上的鱼猛地吓得一激灵,几乎一下子跳起来,但他现在连走路都困难,要想跳只能待下辈子了。老乔桑好多年没见过这么大的灰鱼了,足有一个人那么大,鱼身上最小的鳞片恐怕也要比五分硬币还要大。

老乔桑开始绕着那两条大鱼转圈儿,他一激动就会喘粗气。他绕着鱼看,用他自己的话说就是,看到鱼就像看到了自己的祖宗从地里钻出来了。

树高喝过了水,先给他老子把烟点了递过去,然后再给自己点一支。树高要他老子坐下来:"老爸你别绕了好不好?你绕得我头好晕。"

树高蹲在那里,请他老子不要再转圈子。

"你怎么还转?"树高对着自己手掌吐一口烟,"爸你坐下,好好听我说话。"

"我又不是没长耳朵,我听得见鱼叫还会听不到你说话?"老乔桑说。

"人们都说下大雨不好,我看下大雨是大好事,东边米饭坝那里刚泄了一回洪,好多这么大的鱼就都给从水库里冲了出来,抓都抓不过来,抓来也不知道该怎么办,我看只好用盐巴腌了搁在那里慢慢吃。这次给洪水冲下来的鱼实在是太多了,不是下大雨,哪有这等好事!"树高对他老子说他赶回来就是要把这个好消息告诉家里人,"只要下雨,咱们这里也要马上泄洪,听说不是今天就是明天,要是不泄洪,水库就怕要吃不消了,到时候鱼就会来了。它们不想来也得来,一条接着一条,让你抓都抓不完,所以咱们要做好准备。""我老了,就怕打不过那些鱼了。"老乔桑说。

"人还有打不过鱼的?我要树兴晚上回来。"树兴是树高的弟弟。

老乔桑就想起昨天从外面来的那几个人,都是乡里的,穿了亮晶晶的黑胶鞋在江边牛哄哄地来回走,这里看看,那里看看,原来是这么回事。

老乔桑找到了那把生了锈的大剪子——因为没有鱼,那把剪子挂在墙上已经生锈了——开始收拾树高带回来的那两条大鱼,鱼要是不赶快收拾出来就会从里边臭起来。老乔桑现在已经不怎么会收拾鱼了,他现在浑身都是僵硬的,在地上蹲一会儿要老半天才能站立起来。他把又腥又臭的鱼肚子里的东西都掏了出来,扔给早就等候在一边的猫,猫兴奋地"喵呜"一声,叼起那坨东西立马就不见了。老乔桑又伸出三根鸡爪子样的手指,把两边的鱼鳃抓出来扔给院子里的鸡,鸡不像猫,会叼起那些东西就跑,而是先打起架来,三四只鸡互相啄,扇着翅膀往高里跳。盐巴这时派上了用场,鱼肚子里边和鱼身子上都被老乔桑揉抹了一遍。鱼很快就被收拾好了,白花花的,猛地看上去,它不像是灰鱼,倒像是大白鱼。

老乔桑高举着两只手提着鱼走出去,把这两条大得实在让人有点害怕的灰鱼晾在了房檐下。房檐下的木杆上以前总是晾满了从江里打上来的大鱼,现在别说这么大的鱼,连小鱼也没的晾了。鱼腥味扩散开来的时候,四处游荡的猫狗很快就都聚集到老乔桑的院子里来,它们像是来参加什么大会,你挤我、我挤你地从外面进来,你挤我、我挤你地在那里站好。鱼的腥味让它们忽然愤怒起来,它们互相看,互相龇牙,互相乱叫,忽然又安静下来,排排蹲在那里,又都很守纪律的样子,它们不知道接下来会有什么好事发生,所以它们都很紧张。

这时有人迈着很大的步子过来了,鱼的腥味像把锥子,猛地刺了一下他。是乔土罐,他被挂在那里的鱼吓了一跳。

"啊呀,老伙计老村主任,那是不是鱼,不是吧?莫非是打了两条狗要做腊狗肉?但现在还不到做腊肉的时候。"

"睁开你的狗眼看好,那怎么就不是两条狗?那就是两条大狗,两条会浮水的大狗。"老乔桑嘻嘻笑着说。

很快,又有很多人围了过来拥进院子,是鱼的腥味召唤了他们,他们的鼻子都特别灵,许多年没见过这么大的灰鱼了。有一个消息也马上在他们中间传开了,他们吃惊地互相看着,都兴奋起来,米饭坝泄洪的事他们早就听说过了,但他们一直认为水再大也不会淹到他们这里,这事跟他们没多少关系,但他们此刻心动了,想不到他们这里也要泄洪了,更想不到泄洪会把这么大的灰鱼白白送给人们。老乔桑屋檐下的那两条大鱼已经让他们激动起来,他们抬起头看天,天上的云挤在一起已经有好多天了,云这种东西挤来挤去就要出事,那就是它们最终都要从天上掉下来,云从天上一掉下来就是雨,或者还会有冰雹。

乔土罐这时又把泄洪的事说了一遍:"只要一下大雨,不是今天就是明天,就等着大鱼的到来吧,你们就等着抓鱼吧,到时候一群数也数不过来的大鱼小鱼就会钻进鱼篓、钻进渔网。"

乔土罐这家伙的嘴从来都藏不住半句话,人们就更兴奋了。让他们更加兴奋的是他们看见老乔桑弯着腰把放鱼的大木桶和大网袋都从屋子里拖了出来,这些东西都多年不用了,人们明白老乔桑这么做意味着什么。大鱼真的要来了,这种事不能等,时间就是金子。人们都往自己家里跑,人们都知道要发生什么事了,人们奔走相告:

"大鱼要来了!"

"大鱼要来了!"

"大鱼要来了!"

乔土罐平时和老乔桑的关系最好,虽然老乔桑的脾气一天比一天古怪,总是有事没事说些谁都听不明白的话,这回他也不安起来,又接过一支树高递过来的烟,说抽完这支马上就走,也要回去准备准备。看样子,雨马上就要来了,乔土罐又笑嘻嘻地对老乔桑说:"你这人平时看上去像是个好人,这回怎么一声不吭就干起来了?"

老乔桑说:"谁让你是个罐子,你就好好等着,到时候只要你张开嘴,就会有鱼掉到你这个罐子里。"

"但不会是大鱼。要装大鱼,非要这种大鱼桶不行。"

老乔桑用棍子把木桶敲得"嗵嗵嗵嗵"响。

乔土罐又不走了,他蹲下来,用手摸摸桑木鱼桶:"说到拿鱼,谁都不如你。你知道大鱼从哪个方向来,到时候我一定请你喝酒。"

老乔桑说:"人老了,哪个还会看鱼,不让水冲跑了就是万幸。"

乔土罐说:"反正到时候我跟定了你,一有动静我就过来。"

"鱼在这下边,你抓吧。"老乔桑忽然说,用手里的棍子狠狠敲击地面。

"你把这地方挖开鱼就出来了。"老乔桑又说。

"我去把酒准备好。"乔土罐站起身。

"一条接着一条,一条接着一条,大鱼就要来了。"老乔桑又大声说。

"下水抓鱼就得喝酒,我去准备。"乔土罐拍拍屁股,说他这回真要走了。

树高和树兴把乔土罐从家里送了出来,外面有风了,让人很舒服。

"你爸这样很长久了。"乔土罐小声对老乔桑的两个儿子说。

"赶快下雨吧,大鱼一来他就好了,他一看到鱼就好了。"树高看看天。

"抓大鱼是苦差事,我最讨厌抓鱼。"树兴看着乔土罐。

乔土罐扬扬手,风从那边过来,他再一次闻到了好闻的鱼腥味。

这天晚上,老乔桑兴奋得一直没睡,外面风很大,看样子雨真是要下了。

老乔桑对两个儿子说,鱼马上就要来了,这一回可是真的,鱼又要回来了,只要一下大雨,鱼就会从水里、从地里、从四面八方来了,到时候抓都抓不完,可惜你妈看不到了,你妈再也看不到那么大的鱼了。

村里的许多人也都兴奋得难以入睡,他们也都等着,有的人甚至喝开了,在火塘边烤几片鱼干或洋芋,一边喝酒一边等着大雨的到来,但他们最关心的事还是水库那边泄洪。他们已经好多年没见过那么大的灰鱼了,他们好像已经把灰鱼完全忘掉,但它们又突然出现了,竟然还是那样大的两条。虽然是两条死的,被挂在老乔桑的房檐下,但人们知道像这样大的灰鱼会伴随着下大雨泄洪一条接着一条出现,一条接着一条出现。人们这时候都不讨厌雨了,而且希望它下得越大越好,只有雨下大了,水库那边才会泄洪,只有泄洪,那些大鱼才会随着洪水一条接着一条地到来。只有那些大鱼来了,人们才能把破旧的房子重新修过,人们才能去买新的电视机和别的东西,只有大鱼出现,人们的好日子才会跟着来。人们还希望这样的大雨最好不要停,最好连着下它几个月,让水库放一次水不行,要让水库不停地泄洪放水,那些平时深藏在水里的大鱼才会无处藏身,才会一条接着一条地被水冲到这里。人们都准备好了,把平时被扔在一边没了用场的渔网重新找了出来,那种能伸进一个拳头的网是专门用来对付大灰鱼的,还有各种鱼叉、打鱼的棒,那种用麻梨木做的棒子,上面总是粘着几片银光闪闪的鱼鳞,那些大鱼,你非得用棒子使劲打它们的脑袋不可,你不把它们打晕了它们就不会乖乖被你搞到手。女人们也兴奋起来,她们在雨里忙另一件事,把没用的房子都倒腾了出来,把挂鱼的架子也重新支了起来,家里人手不够的,她们急不可待地给在外的家人捎口信要他们赶紧回来,她们没有那么多的话,她们只说一句:"大鱼要来了,大鱼要来了!"

老乔桑闭着眼睛坐在床上,好像睡着了,但又好像是没睡,每逢这种时候他总是这样,每逢江上有大鱼或鱼群出现的时候他总是这样,或者可以说是人睡着了但耳朵没有睡。多少年了,虽然现在老了,但这个习惯他还没改掉,也不可能改掉。他的耳朵生来就是听鱼叫的,鱼的叫声很奇怪,是"吱吱吱吱",声音也很小,但老乔桑的耳朵从来都不是吃素的。当年捕鱼,老乔桑就日夜睡在船板上,人睡着了,耳朵却总是醒着,鱼的叫声从来都逃不过他的耳朵。老乔桑现在坐在那里睡着了,蒙眬之中,他感觉雨终于下了起来,闪电像一把看不到的斧子,一下子就把天给劈开了,雨从天上被雷电劈开的缺口一下子倾倒下来。

老乔桑的两个儿子树高和树兴还都在呼呼大睡。

是老乔桑的喊叫声把树高和树兴同时惊醒了过来。

"雨下得好大,雨下得好大!"老乔桑大声喊,跳下地就往外跑。

"雨下得这么大,大鱼就要来了。"老乔桑一边跌跌撞撞往外跑一边说。

树高和树兴从床上跳下来跟着他们的父亲都跑到外边去,外面是漆黑一片,没有一点点光亮,有风吹过来,从这片树梢到那片树梢,再到更远的树梢,发出"哗哗哗哗"的响声。树高和树兴忽然都感到有什么地方不对头,他俩都抬起头来,用手摸摸脸,却没有哪怕是一点两点雨水落在他们的脸上。这真是奇怪,因为仰着脸,没有雨水淋到他们的脸上,他们却意外地看到了星斗,是满天的星斗,白天的云彩此刻早就不知道去了什么地方,既然那些云彩都去了别处,人人都知道,别说大雨,就是小雨也不会再从天上飘然而至。这时树高和树兴又都听到了什么,声音不高不低、不远不近,像是有什么在叫,好半天树高和树兴才明白过来,那是猪在睡梦中哼哼。除了猪的哼哼声,还有鸡的"叽叽咕咕",那几只鸡到了晚上也都睡在猪圈里,就好像它们和猪原本就是亲戚,只不过长的样子有所差别。

"大鱼才这么叫,大鱼才这么叫。"老乔桑忽然小声说。

风呼呼吹着,树高和树兴都不说话,但树高和树兴马上就感到了害怕,他们听到他们的老子在自言自语:"这么多的鱼啊,这么多的鱼啊,啊呀,这么多的鱼啊。"老乔桑不停地说,身子不停地往后退。就好像水已经没过了他的脚踝,已经没过了他的腰,马上就要没过了他的脖子,所以他只能往后退,只能往后退。老乔桑往后退,往后退,忽然大叫一声,一屁股坐在了地下,树高过去往起扶自己的父亲时,老乔桑突然又大叫起来,说是一条大鱼压住了他。

"啊呀,好大！好大的一条鱼啊！"

树高和树兴把父亲拉回屋里按在床上,老乔桑又叫了起来:"鱼呢鱼呢鱼呢?!"

树高忙把挂在外面的大灰鱼提了进来,说:"鱼在这里。"

老乔桑把鱼一把搂住了,这是多么大的一条鱼啊,最小的鱼鳞几乎都有五分硬币那么大。当年老乔桑在船上打鱼的时候就是这么搂着大鱼睡觉,那时候每次出去打鱼都能打到许多许多的鱼,船里连人待的地方都快没有了。老乔桑说大鱼就和老婆一样,只有搂着睡才舒服。

老乔桑睡了一会儿马上又醒了,又大叫起来:"鱼呢鱼呢鱼呢?!"

老乔桑睡着的时候树高又把那条鱼提了出去,人总不能跟一条鱼待在床上。

树高再次出去的时候,那两条挂在那里的大灰鱼却不见了。

"鱼呢?"树高吃了一惊,对树兴说。

"鱼呢?"跟在后面的树兴也看着树高。

"大灰鱼呢?"老乔桑在屋里大声说。

"鱼不见了。"树高和树兴又站到了父亲的床边。

老乔桑坐了起来,眼睛睁得很大,出奇地亮,他忽然不叫了,拍拍自己的肚子,看着树高和树兴。

"鱼在这里。"老乔桑说。

"鱼就在这里。"老乔桑又说,说鱼刚才已经钻到了自己的肚子里。

"那么大的两条鱼就不应该挂在外边,不知道便宜了谁。"树高对树兴说。

兄弟俩又出去找了一下,屋前屋后都没有,天快亮了。

老乔桑病了,他这个病和别人的病不一样,人虽然半躺半坐地待在那里,要说的话却比平时多上十倍。老乔桑现在不说鱼在地下的事了,他见人就说,有一条很大的鱼就在他肚子里,很大很大一条,这么大一条。

"好大一条,总是在动,就在这里。"老乔桑皱着眉头指着自己的肚子。

那些在河边种菜的人来家里看老乔桑,他们几乎是齐声对老乔桑说:

"那么大一条鱼能放在你的肚子里吗?你不觉得奇怪吗?"

"好大一条,就在我的肚子里,它已经钻到我的肚子里了。"这回老乔桑是用棍子轻轻敲击自己的肚子,说鱼就在这地方,在动,打这边,它就跑到那边,打那边,它就跑到这边,啊呀,好大的一条鱼。

"那你就打啊,张开嘴,把它从嘴里打出来!"人们嘻嘻哈哈齐声说。

老乔桑就真的用棍子在自己的身上"砰砰砰砰"地打起来,像在练什么套路。

人们赶快冲上去把老乔桑手里的棍子夺下来。虽然人们个个都不相信鱼会钻进老乔桑的肚子,但人们个个又都想听老乔桑说那条鱼是怎么进到他肚子里去的,人们虽然知道这种事不可能,知道这只是老乔桑在昏说,但人们就喜欢听老乔桑昏说,只有这样,寡淡的日子才会有一点生气,一点欢乐。

"这是不可能的事,鱼怎么会跑到你的肚子里?"乔土罐这天也在场,他蹲在那里,抽着烟,仰着脸,眯着眼,很享受的样子。他觉得这件事实在是可笑,不单单是老乔桑说鱼钻进了他自己的肚子里可笑,是一连串的可笑,最可笑的是他们把多年不用的渔具都辛辛苦苦准备好了,天上的云彩却忽然跑得无影无踪,别说大鱼,现在就是连小鱼也难得一见,不过这几天人们还是在盼着来一场大雨,但天空上现在连一小片云都没有,云不知道都去了什么地方。

"就在这里,就在这里。"老乔桑用手使劲拍着自己的肚子。

"你再说,在什么地方,在什么地方?"乔土罐笑着说。

"就在这里,就在这里!"老乔桑依然使劲拍着自己的肚子。

乔土罐就笑了起来,说:"这可是千年少见!"

"怎么说?"老乔桑看着乔土罐,两只眼睛亮得出奇。

"老伙计老村主任,恭喜你,你怀上了。"乔土罐说。

老乔桑的眼睛突然瞪起来,瞪得像两只铜铃,他从床上一下子坐起来,那根棍子就朝乔土罐飞过来,"砰"一声,好在乔土罐躲得快,被砸碎的是他身后的一个菜缸。

菜缸里的酸菜水"咕啦咕啦"淌出来的时候乔土罐已经从屋子里奔跑了出去。

乔土罐对站在外边看热闹的人们说:"树高和树兴都得赶快回来,请乔仙也过来看看,是不是真是有什么鬼魂钻到了他的体内,一个人,肚子里怎么会放得下那么大的鱼?"乔土罐说自己好在躲得快,要不那根棍子就要从这里穿过了。乔土罐用手指点点自己的额头,好像那根棍子已经穿过了那里。

乔土罐用手捂着额头回家去了,额头那地方好像真有一个洞,还好像有风,"呸呸呸呸"地从那地方穿过。

老乔桑挂着那根棍子出现在门口的时候人们还没有完全散去。

"乔土罐,满嘴放屁,哪个才会怀上?什么叫作怀上?"

老乔桑是气坏了,他认为乔土罐说了句最难听的话,最不敬的话,因为只有女人才会怀上，要是猪，也只能是母猪，要是羊，也只能是母羊，要是兔子，也只能是母兔子，"什么东西才会怀上"！

"这地方是胃，是胃。"老乔桑把自己的衣服扒开，露出他的肚子，肚脐眼此刻就像是一只瞪得很大的眼睛，"那条鱼就在这地方，这是胃，在胃里怎么能够说是怀上？"老乔桑一边说一边把自己的肚子拍得"砰啪"响。老乔桑说要找一把刀把这地方剖开，让那条鱼从里边出来。老乔桑说这种事只有医生做得来，只有医生能把自己胃里那条鱼取出来。

说话的时候，老乔桑两眼放光，有点吓人。

这天晚上，老乔桑拄着棍去找他的老伙计乔谷叶。乔谷叶做过许多年的赤脚医生，虽然现在早不做给人看病的事了，但他毕竟还认识许多草药，闲的时候他还会到处去采，他知道许多关于治病的事。乔谷叶一听老乔桑说话就忍不住嘻嘻哈哈笑了起来。乔谷叶说："这是好事嘛，人们现在都知道你的肚子里怀了一条鱼，也许，到了十个月的头上它自己就会出来了，到时候怎么吃，煮上吃或是做风干鱼都是你的事。"

"怎么你也这么说！"老乔桑火了。

"你不是说肚子里有条大鱼嘛。"乔谷叶说。

"这地方是胃，在胃里能说怀上吗？"老乔桑把肚子拍得"砰啪"响。

"那不是怀上又是什么？"乔谷叶又笑了起来。

老乔桑脸色煞白，他可怜巴巴地看着乔谷叶，说："你真不知道，真是一条很大的鱼在我肚子里，到了晚上还会咕咕叫，你不来救我谁来救我？难道你还想看我亲自拿把刀把它从我的肚子里取出来吗？你把它取出来，出了事我不会怪你，你给我取，有白酒有刀就行，我知道你有这两下子。"

"这个我可没有一点点办法，我当年没学过妇科，要是在别处动这个手术或许还可以，我保证切得开也缝得住，但这是妇科的手术嘛。"乔谷叶一半是开玩笑，一半是实话实说。

"你摸摸我这地方，你一摸就知道里边这条鱼有多大，你摸这边它就往那边跑，你摸那边它就往这边跑。"老乔桑脸色煞白，他让乔谷叶摸他肚子。

"这是妇科的手术嘛，可惜我没有学过。"乔谷叶又说。

老乔桑已经把乔谷叶的手按在了自己的肚子上，乔谷叶只好用手去摸，用手指去按，那个地方，也就是肚子，就好像是一只松松垮垮没装任何东西的袋子。乔谷叶此刻不知该说什么，只好口不随心地说："要想把这条大鱼从肚子里取出来，最好先弄死它。"老乔桑满脸大汗的样子让他心里很不舒服，很难过。

"哪个要它死？我要让它回到江里去，让它在江里游来游去。"老乔桑说。

乔谷叶把老乔桑从家里送出来，说："你慢些走，小心把鱼掉出来。"

"我看他是迷糊了。"老乔桑离开乔谷叶家的时候，乔谷叶的老婆正把一桶猪食倒进猪栏，她小声对乔谷叶说。乔谷叶忽然忍不住笑了起来，这时候老乔桑已经走远了，他对老婆说："他还不如怀上一头猪，到时候杀了可以做腊肉。"乔谷叶笑得直哆嗦。

"我看他是跟上鱼鬼了。"乔谷叶老婆说凡是世上的东西死后都有鬼,猪鬼、羊鬼、牛鬼、蛇鬼、狗鬼、猫鬼,老乔桑最好赶快去鱼神庙烧烧香。

乔谷叶笑着对老婆说:"明明不对嘛,酒也不会死,怎么还会有酒鬼?"

乔谷叶的老婆再想说什么,乔谷叶又去喝他的酒了,他自己用各种草药泡了一大罐酒。每次喝过这种酒,乔谷叶就总觉得自己像个火炉子,里边的火旺得不能再旺,火苗子呼呼的,床头把墙壁撞得"砰砰"乱响。

树高和树兴这天都赶回来了,提着两条腊肉,还有一盘老乔桑最喜欢吃的猪大肠。树高用手摸摸老爸的手,吓了一跳,老爸的手很烫。他们弟兄两个都已经商量好了,这回一定要把老乔桑接到县城里去,县城里又没有江,看不到江就不说鱼的事,什么大鱼小鱼,到时候都跟他们老爸没关系,人老了,应该好好活几年了,老爸到了县城一次一个月轮着在两个儿子家里住还新鲜。老乔桑毕竟是做过村主任的人,马上就答应了,倒是爽快,但吃饭的时候又突然说去县城可以,但怎么也不能把肚子里的鱼带到县城里去。

"这么大的一条鱼,你看它此刻又在肚子里跑水,快快快,跑到这边了,跑到这边了!"老乔桑拉住树高的手就按在自己肚子上,"鱼头在这,鱼尾在这,这么大一条鱼你会摸不到?又跑开了又跑开了,鱼头在这在这在这。"

树高一把把手抽开,说:"爸你是怎么回事?那是软绵绵的肚子嘛,哪里有什么鱼?你还鱼头鱼尾鱼肚子。"

老乔桑又把树兴的手一把拉过来按在自己肚子上,说:"这地方,就这地方,你用力按,就这地方。"

树兴从小就坏,他笑嘻嘻地说:"可不是,这就是一张鱼嘴,我摸到了,在一张一合、一张一合。好家伙,它又转过身子了,这是鱼尾了,摆开了摆开了,鱼尾摆得就像我妈在扇扇子,好大的扇子,想不到老爸肚子里有这样一把扇子。"

树兴把手里的一把破竹壳扇子放在老乔桑的肚子上:"爸你说,你肚子里的鱼尾巴有没有这把扇子大?"

"当然要比这把大。"老乔桑忽然有些不高兴,说,"你兄弟两个王八蛋是不是以为老爸跟你们开玩笑胡说?老爸这就找把刀剖给你们看。"

"现在又不是流血牺牲的年月,你不要把话说得这样怕人嘛,怎么说你都是当过村主任的人。"树兴说,"问题是,我们都想知道这么大一条鱼是怎么进去的,从什么地方进去的,你总要给我们说清楚嘛,这样不明不白也说服不了人,是从一颗鱼卵的时候就进去的还是长成整个一条大鱼才撞进去的,到底怎么回事?"

老乔桑用棍子猛地一敲桌子:"请医生又不用你们花钱,我自己还有,我跟你们说鱼在这里就在这里,还问从什么地方进去的,我要知道它是从什么地方进去的倒好了,就不会有现在的事!"

老乔桑不再吃饭,已经气得鼓鼓的,辣子炒肥肠也像是没了什么滋味。

树高、树兴两兄弟没心思再吃下去,他们双双出门去找乔日升。

乔日升现在毕竟是村主任,村里有什么事找他总没错,再说这种事,找个人拿拿主意也好。乔日升的老婆乔桂花还是树高和树兴的亲表姐,要不是乔桂花是他们的亲表姐,也许乔日升还当不上这个村主任。

乔日升住的房子离老乔桑不远,转过几道墙就到,墙里的叶子花开得好红。

树高和树兴没想到乔日升一看到他兄弟俩儿先就忍不住笑了起来,说:"就你们那老爸,送到正经地方算了,我这几天正为此事发愁。"

"看看看,看你一个做村主任的是怎么说话呢?"树高说。

"那你说,那么大一条鱼是怎么钻到你老爸肚子里的。"乔日升正在吃饭,已经吃出了一头汗,一张大肥脸像是涂过了油,亮得要放出光来。乔日升说还有好事呢,不少外边的人都要过来参观老乔桑的肚子,人们都奇怪得不得了,都想知道好大一条鱼怎么就会钻到一个人的肚子里,乔日升说他已经把好几拨人拦住才没让他们来:"都是县里的,都对此事感兴趣,我对他们说哪有这回事,人家还不信,说现在世上什么离奇事都有,说我们村里出了这样的事也是好事,可以增加旅游收入……"

乔日升这么一说树高和树兴俩兄弟就一下子愣在那里。

"要不先请报社的记者过来看看宣传一下,也不是什么坏事。"乔日升说。

"你以为是耍猴呢。"树高马上就不高兴了,乔日升比他也大不了几岁,说起来他们还都是一个学校的同学。树高说,"我们兄弟俩是过来向你讨个主意,你怎么说起增加旅游收入? 我老爸,你又不是不知道他那个性格,这会儿就在家里找刀呢,说要自己把肚子剖开让那条大鱼出来。他要是真用刀把肚子给搞开,你未必就没有麻烦。这是你的地盘,你是这里的村主任。"

"问题是我也没碰到过这种事。"乔日升说,"前几天在县里开会不少人又问这件事,都想过来看,你让我怎么回答?要是马戏团耍猴,也未必会有人这么上心。趁你兄弟俩都在,你们说怎么办,我是村主任不假,你兄弟俩给拿个主意,人肚子里怎么会有大鱼?这事越传越热闹,都说不清,要这样下去,我长一张嘴不行,得再长一张嘴。"

乔日升这么一说,树高和树兴俩兄弟就都没了话。

在一边吃饭的乔桂花这时用筷子敲敲饭碗,说:"这事我倒有个主意,别管别人怎么说怎么看,重要的是找个大夫把你爸肚子里的鱼取出来就是。"

"问题是肚子里没鱼,有鱼倒好了。"树高说。

"看你说的,肚子里哪会有鱼。"树兴也跟上说。

"你这是起哄,还嫌不够热闹。"乔日升说,"那是你叔,看你说的。"

乔桂花把饭碗放下,把筷子也并排放下,说:"你们几个大男人都快要笨死了,这件事只把你老爸哄过就是,明摆着是你老爸神经出了毛病,这件事也只好这么办。"乔桂花说:"那是我叔,我能不想?我也想了好多天了。"

"那你说怎么办?"乔日升说,看着自己的老婆,实际上,村子里有什么事他总是让老婆给拿主意,他也知道自己是个草包,只会不停地把自己吃胖。

乔桂花又把饭碗端起来往嘴里扒拉几口饭,然后才如此这般把主意说了一下:"这件事说好处理也好处理,到什么地方买那么一条大鱼,就说给他做手术从肚子里往外取鱼,到时候打一针麻药就完事,大不了在肚皮上划那么一个口子,也要不了命,这也是没办法的办法,只要消毒好就要不了命。

"总比你爸忽然哪天想不开自己动刀把肚子拉开要好得多。"乔桂花说。

乔日升忽然笑了起来,说:"乔桂花,想不到你还真有一手。"

"那谁来做这事?你去医院,医院会不会给你做?"

树高说:"你以为医院是你家开的,你想做什么就做什么。"

乔日升就笑了起来:"这点事,乔谷叶就做得来,当年有头驴给车在肚子上撞开个大口子还不是他缝的?缝衣针上穿根细麻线,那头驴也没死,照样拉磨磨豆子。"

"看你,我爸又不是驴。"树高说,两眼看定了乔日升。

"这事就让乔谷叶来,我去对他说。"乔日升说,"只在表皮拉道口子缝一下就行,又不用拉通,出不了大事。到时候你只需把大鱼买好装神弄鬼一番就是。"

乔日升是个急性子,又扒拉几口饭,便不吃了,拍拍屁股去找乔谷叶。树高和树兴跟在他屁股后面,外面很热,鸡都在阴凉处打瞌睡,狗热得没了办法,只会把舌头吊在外边晃里晃荡,远远看去倒好像它们嘴里又叼了块什么。

乔谷叶正在睡觉,他的做派和乡下人完全不一样,除了喝药酒,他天天中午都要躺在那里睡一下。乔谷叶一听要他给老乔桑做这个手术就马上说:"不行,天天碰面,没有不露馅儿的时候,我做不来。"乔谷叶说这手术最好去米饭坝医院那边做,他那边有朋友,给几个钱在医院里找个地方就可以了。到时候他可以打下手。

从乔谷叶家出来,在回去的路上,乔日升忽然又有了新鲜的想法,他对树高和树兴说:"到时候要好好买一条大鱼,而且要把消息说出去,就说很成功地从你老爸肚子里把那条大鱼取了出来,这事要报道一下,好好报道一下。"

"做了再说。"树高说这就像演戏,别演不好砸了锅。

"没问题,打了麻药人就什么也不知道了,在肚子上浅浅拉一刀子,又不是真的开肠破肚,再在拉的口子上缝几针,你老爸难道还会不相信?还会再用手把伤口拆开?世上就没有这种人。"乔日升说。

"好,就这么办。"树高忽然高兴起来,这事终于有了解决的办法。

树兴却苦着脸,小声问树高:"这会花不少钱吧?"

"那不是别人,那是你老子!"树高忽然又有些生气,大声说。

虽然说谁也不清楚这条名字叫"胖江"的江到底有多长,但只要从乔娘湾往东走,第一个歇脚处就会走到米饭坝。米饭坝的老地名其实是叫米饭镇。因为人们走路会累,累的结果就是饿,大人会对小孩子们说:"再走走就到,再走走就到,到了就有米饭吃。"所以久而久之这地方就叫米饭镇了。到了1988年这里修了大坝,政府组织人们参观这个工程,米饭镇倒不被人们说起了,所以这地方只叫了米饭坝。

树高和树兴说是陪老爸去米饭坝把肚子里的大鱼取出来,其实去的就是米饭镇。为了去米饭坝把肚子里的鱼取出来,树高和树兴劝说老爸在家里好好歇了两天,其实这两天树高一直在忙买大鱼的事,大鱼买不来就不能动这个手术,水库泄洪的时候,整条米饭镇的街上到处都是大鱼,而现在想买条大鱼却很难。但这条鱼终于也托人买到了。

乔谷叶也已经和那边医院说好了,临时找一个病房,一切按着手术的程序办,该交多少费就交多少费。为了让老乔桑不起一点点疑心,到时候还要给他打麻药。但医院那边又说了,麻药打多了怕出事,这又不是真正的开肠破肚,好不好只在肚子的表皮上局部来几针,然后给病人再吃两粒安眠药,让他睡着,一觉醒来给他看鱼就是,到时候就说"好了,大鱼从你肚子里给取出来了"。医院那边也都知道了老乔桑的怪事,说不管他得的是什么病,不管能治不能治,只要是能对他有好处就算是治病救人。所以,一切都按着计划进行。

做手术的时候,天上忽然"呼呼呼呼"刮起了好大的风,紧接着云也来了,看样子有场大雨下来。医院那几个给老乔桑做手术的医生都是乔谷叶的老朋友,当年他们曾经在一起受过赤脚医生的培训。手术前,乔日升请他们吃了一顿饭,又都喝了些酒。老乔桑给摆在手术台子上时,衣服全部都被剥去,光溜溜地躺在那里,肚皮那地方给画了道线,大家都知道这是什么手术,所以下刀都很浅,麻药打下去之前只说是还要吃几粒防呕吐的药,其实就是安眠药,老乔桑居然很配合,听话得像一个孩子,把药乖乖吃了,只一会儿,老乔桑就人事不知。这其实是最简单的手术,只是在肚皮上轻轻拉一道很浅的口子,然后马上再缝合起来,那条大鱼事先被兜在医院做手术用的帆布兜布里,还被一次次淋过水,又被吊起在旁边的一个金属架子上,好让老乔桑醒来一眼看到。这真是最简单的手术,因为喝了酒,人们一边做事一边嘻嘻哈哈说些陈年往事。麻药打下去,药片吃下去,老乔桑就像睡着了一样。等他醒过来,已经过了好长时间。

乔日升对树高和树兴说:"这个手术做完后你老爸就好了,就会像正常人一样,会再好好活几年。"旁边的那几个医生说这种事多着哩,这也只能算是最轻的瘾症,如果重了会满街乱跑,见了狗屎都会抓起来吃。那个负责麻醉的医生说,这种病说好治也好治,只要把他的心病一下子去得干干净净,人就又会回到从前的那个人。

手术只用了一小会儿时间,然后乔日升、乔谷叶和树高、树兴就陪着那几个医生去到另外的一个屋子里说话、喝茶、嗑瓜子和吃西瓜。手术做得真是成功,到老乔桑该醒来的时候他果真醒了。

老乔桑醒来,睁开眼,眼球开始打转,这边看看,那边看看,站在他旁边的树高、树兴便马上俯下身子对他说:"这下好了,鱼取出来了,真是好大一条鱼。"

老乔桑此刻的声音是"呜呜呜呜",舌头仿佛打了卷儿,旁边的一个医生说不要紧,这是麻药的反应。老乔桑掉过脸看到那条大鱼了,被兜在医院的帆布兜布里,鱼真是很大,一头一尾都露在外边。

老乔桑突然叫了起来,"呜呜呜呜,呜呜呜呜",声音虽然含糊不清,但人们还是听清楚了老乔桑在大喊不对。树高把他老爸那两条扬来扬去的胳膊一把抱住,听到老乔桑在说他肚子里的那条鱼是大灰鱼,一条很大的灰鱼,怎么会是现在的四须胖头鱼?

老乔桑"呜呜呜呜"地说这不是他的鱼,他的鱼还在他的肚子里。

医院的那几个医生也马上围拢过来,他们知道怎么对付这种情况,他们把老乔桑轻轻按住,并且马上对老乔桑说:"手术还没做完呢,手术还没做完呢,那是别人的鱼,现在肚子里有鱼的人很多,你的鱼还没有取出来呢。"这几个人又是一阵忙乱,重新给老乔桑吃了药片,再一次打过麻药。这边这样忙,那边的树高和树兴忽然从医院里奔跑出去,米饭镇是个小镇子,树高和树兴知道人们赶场的地方在什么地方,但他们就是不知道现在那地方还会不会有很大的灰鱼。树高忽然很想大哭一场:

"如果没有大灰鱼怎么办?

"如果没有大灰鱼怎么办?

"如果没有大灰鱼怎么办?"

树兴不知道该说什么好,只是不停地跟着快走。

"是大鱼就是了,你们老爸真是事多!"

树兴还没答话,乔谷叶却跟在后面说了话,他想去乡场上再买些烟叶。

真是心乱如麻

九年前她就找到了这份不错的工作,当时也真是凑巧,这家的主人急着要找一个像她这样的保姆。因为他们马上就要出国,全家都出去,去新西兰定居,而他们的母亲却一时没人照顾。她和这套房子的主人只见了两面,就拖着她的全部家当来了。

从那时候起,已经过去九年了,在这整整九年中,这套房子的主人一共才回来过三次。现在,她就像是这套房子的主人了,而这套屋子真正的主人也已经把一切都交给了她,包括几乎所有的钥匙。他们给她的工资不算低,每年会定期寄两次,还有老太太的工资,她每个月会替老太太去银行取一次。这套房子的主人给她的工资是一个月两千六,而且这套房子的主人还对她说过,只要把他们的母亲服侍好了,她的工资每年还会递增一百,如果他们的母亲能活到一百岁的话,她的工资到时候就要增加一万!好家伙!当然她知道很少有人活那么大,她现在不敢想这件事,她唯愿这房子主人的母亲就这样一直活下去,她甚至想最好是自己有一天忽然不行了而这套房子主人的母亲还好好儿活着,她想过死,其实每个人都或多或少想到过死。她觉着最好的死法就应该像楼下的那个老头儿,上午还在院子里大声说话,用除草器修理草坪,到了晚上就不行了,据说正吃着饭,喝了一杯白酒,就一下子趴在了餐桌上。但她在心里希望这房子主人的母亲一直活着,这房子主人的母亲活着她就有事做,有地方住。

她很早就是独身一人了,丈夫早就去世,厂里的锅炉发生了大爆炸,她丈夫当时正站在锅炉前边,人一下子就没了。而她也没有子女,所以丈夫去世后她就住厂里的公共宿舍。也正因为如此,这套房子的主人才一下子就选中了她。直到现在,她都很感谢这套房子的主人,那时候,她都发愁她那些有限的东西该放在什么地方。东西虽然不多,但都是必需的,从工厂宿舍把那些东西一搬出来,她就慌了,好像是世界末日来了。

也正是那时候,她被介绍到这家来做保姆。这家的房子挺大,是这座住宅楼最高端的,是复式二层,上边那一层南北还各有一个挺大的露台,只不过南边的比北边的大一点。她来这家做事,也就是每天一起来就打扫卫生,先擦地板,再擦拭家具,接着是做饭。刚来的时候这家人还没全走,她就住在楼上的一间靠近卫生间的小屋子里,那间屋子的屋顶是倾斜的,动不动就碰头,不过她现在早已习惯了。卫生间旁边还有一间屋顶倾斜的小房间,里边挂着不少女主人的衣物,现在那些衣物都还挂在那里,裙子、大衣什么的,用一幅白色的大窗帘苫着,还有许多鞋盒子。已经九年了,从没人去动过这些东西,她进去过几次,去看暖气是不是够热,有一次她还打开一个鞋盒子,把里边的鞋取出来试了试,她这么做的时候心"怦怦"乱跳,好像自己做了什么坏事。

这家的主人让她住到楼上有他们的想法,楼上有两个露台,他们怕那些修补房顶的工人晚上会偷偷从露台溜进来,或者是别的什么人,小偷也常常会爬到最高这一层来。这家主人考虑到这一点,就让她住在了楼上。但现在她又住在了楼下,这套房子的主人一走,她就下来了,主人的母亲非要让她下来,她现在就住在这家主人母亲旁边的那间屋。但她自己带过来的东西都还放在楼上。楼上那间屋里有一张床,床上铺着本来是用来铺在地板上的那种很厚的红色麻毯,麻毯被猫抓得乱糟糟的,那只猫现在不在了,已经被送了人。靠墙是一个书架,架上放着些没用的课本,都是这家女儿上高中时候的课本,还有个小瓷炉,那种黑黑的,像个小亭子,打开盖可以插香,还有两盒盘香,她想那些盘香肯定连一点点味儿都不会有了,有一次她还点了一下,香冉冉升起来的时候,她的心又"怦怦"乱跳起来,好像自己又做了什么坏事。她有一个旧皮箱,还是当年买的处理货,但挺结实,还有一个塑料箱,粉色的,上边的两个小轮子早就不能动了,原来还可以拉上走,现在就放在书架旁边的地上。还有一些别的什么,都打了包放在书架上边,苫着发了黄的报纸,那好几大包东西她好久都没打开过了,因为她从来都没想到过再去别的什么地方。九年的时间让她觉得这里就是她的家。

春天的时候,她还在南边的阳台上种了不少东西,用那种绿色的很大的塑料盆,当年不知道这家主人用这种盆子种什么,她把盆里干枯的根挖出来看了老半天,还是不知道是什么植物。她在这种盆子里种西红柿和青椒,她自己留的种子,把选好的西红柿和青椒一起晒干,再把种子取出来,到了春天直接种到盆里,还有薄荷和紫苏,老太太也经常跟着她在露台上看她浇水,或者跟她一起晒晒太阳。北边的阳台上还有七八盆花,都是红色天竺葵,她经常一迈脚就过到那边去浇花。冬天的时候她还会做腊肉,把带皮五花肉买回来,用酱油和糖还有白酒腌那么几天,然后把它们拿到南边的露台,挂在晾衣服的绳子上。老太太挺爱吃她腌的腊肉,只是老太太的牙不好了,一小块腊肉要嚼上老半天。谁知道老太太那口假牙镶了有多少年了,动不动就往下掉。吃饭或说话,老太太只要把手往嘴边一抬,她就知道老太太嘴里的假牙又要掉下来了。

那天她对老太太说现在镶牙很方便,不费事。

老太太正把勺子往嘴边送,勺子里有一点点米饭:"我还能活几年?"

老太太的这句话让她的心里一时很烦乱,她站起身就去了厨房,心"怦怦"乱跳,她忘了自己到厨房要做什么,水也没有开。她在厨房里站了好一会儿,她问自己,要是眼前这个老太太突然不在了,自己应该去什么地方?什么地方可以让自己去?她被这个问题吓了一跳。

可老太太确实是一下子就没了,今天早上一起来她就觉着有什么不对头,屋子里静得有点不对劲,既没有咳嗽声,也没有别的什么声音。她在厨房里做好了牛奶麦片，心不知道怎么就"怦怦"乱跳起来，她觉着是不是出什么事了，拿着一个玻璃杯就去了老太太那间屋。床上的老太太头歪向一边，嘴微微张着，人一动不动，已经死很久了。

现在老太太就静静躺在她屋子里的床上，就跟睡着了一样。老太太的样子并不让她害怕，让她想不明白的是，老太太得了什么病？怎么会一下子就死了？从上午到现在她就一直在老太太屋子旁边自己的屋子里，呆坐在窗边的床沿上。从窗里看出去，对面楼顶的雪化得差不多了，春天快要来了，有人在对面擦玻璃，人蹲在窗户里边，一条胳膊伸在外边。这说明外边的天气很好，但她的脑子是要多乱有多乱。窗台上的那两盆天竺葵有点缺水，叶子蔫了。

这时又有人打来了电话，电话响了好一阵子，她希望这个电话不是从国外打过来的，一旦是从国外打过来的，她不知道自己到时候该怎么说，但打电话的又是那个女的，那女的在电话里总是说什么东西做好了，让过去试试。她没说什么就把电话放下了。她已经想好了，要是老太太的儿子或其他人打来电话，她就说老太太睡着了，一般来说，她一说老太太睡着了他们就不会再让她把老太太叫醒。很长时间了，他们都不往这边打电话了，他们都很放心，他们给老太太找了她这样一个保姆，他们也应该放心，她想他们已经吃透了她，知道她希望老太太一直活下去，只要老太太活着，她就有住的地方和吃的地方，还有工资，他们也知道她希望老太太活的岁数越大越好，到时候她每年还能涨一百块钱。所以他们打过来的电话越来越少，更别说回来看看。

她坐在那里，两只手的手指交叉着，两眼一直看着窗外，对面楼靠楼顶的地方雪化得差不多了，下边靠屋檐的地方雪要多一些，那天对面那家人楼顶的太阳能热水器可能是坏了,水一直往下流,亮花花的,就那么一直从楼顶流到了下边的院子里,再从院子里流到院子外的路上去。这会儿,她看到了热水器上落了一只很大的鸟,黑色的,但她从来都叫不出鸟的名字,虽然她之前很爱看有关动物的电视节目,但老太太不爱看,所以她已经很久没看了。尽管楼上就有一台电视机,就在一上楼的地方,电视机前还放了一把很宽大的椅子,椅子旁是一排小书架,上边塞满了过时的课本和过时的杂志,但这台电视机已经很久没人看了。有两次,她悄悄上楼打开了电视机,找到了动物频道,她这么做的时候心又"怦怦"乱跳,又像是自己做了什么坏事。

她坐在那里,她不知道自己现在应该做些什么。该不该往那边打个电话,把老太太的死讯告诉他们? 老太太此刻静静地躺在旁边的屋子里,如果没人动她,她想必会就这样一直躺下去。她听见有什么又在"嗡嗡"地响,她一直不明白是什么在响,她觉着是不是楼上卫生间的电淋浴器在响,她刚才上去了一趟,发现声音不在那地方。这会儿她明白是自己的脑子里在响,那响声是她早上发现老太太死在床上时"嗡"的一声响开的。她现在不知道下一步该怎么办。

"要不要往那边打个电话?"她问自己。

这时候电话忽然又响了,把她吓了一跳。

她用一只手压住自己的胸口。

"抽时间过来一趟。"电话里的声音像是特别遥远,又是那个女的。

她没说什么就又把电话放下了,她实在想不起这个打电话的女人是谁。在这九年中,有时候会有电话打过来找老太太,都是当年和老太太一起教过书的老教员。他们也都老了,七老八十了,都上不了楼了,有的还在染头发,但都染得马马虎虎,把白白的头发根都露在外边。有时候老太太还会出去和那些七老八十的老头儿、老太太聚一下,也仅限于喝杯茶,在街心公园的那个小湖边,茶座就在卖茶的那个小房子旁边。老头儿、老太太一般都喜欢去那种地方。每逢聚会,老太太都会让她搀着上楼下楼,每上一层都要歇上老半天,下楼的时候会好那么一点,但也气喘吁吁。

这时候电话又响了,她站起来,看着电话,好像一下子看到了电话那头,很远的地方,那个叫新西兰的地方,印象中是一大片绿的地方。她对自己说,如果是那边的电话就说老太太还在睡觉。

电话又是那个女人打过来的,她弄不明白这个女人是谁。

是不是又要来一次聚会?她把电话放下来了。

电话快放下来的时候她听见那个女人在电话里又说:"过来试一下就行。"

她动手收拾起自己的那些东西已经是下午的事,她把两只箱里的东西都取了出来,离上次打开箱子取东西已经很长很长时间了。她也不知道为什么要收拾自己的东西。这家的老太太要是还活着,一定会过来问她想做什么。她把箱里的东西取出来再放进去,东西忽然放不下了,好像是一下子多出了什么。她从来都是把自己的东西收拾得有条有理,但现在一切都乱了。她没有一点点主意,放在箱里的旧衣服忽然怎么也叠不好了,刚才她突然觉得自己是不是产生了错觉,老太太是不是没事,是不是还活着。她就又轻手轻脚过去了一下,老太太还是那样子，脸朝一边歪着，嘴微微张着。要是没人动她，她会一直这样待下去。她站在那里，弯着腰，看着老太太，老太太的枕头上绣着一朵很大的向日葵，黄黄的，她知道那枕头不是老太太的，是老太太孙女上大学时用过的，老太太喜欢，就一直枕着它。她看着老太太那张脸，还有那被压住一半的向日葵，然后回过身，把五屉柜上蒙在电风扇上的那块白纱巾慢慢取了下来，白纱巾上没一点点灰尘，挺干净，她就用这块白纱巾把老太太的脸给蒙了起来。

接下来，她吃了一点点东西，就是早上给老太太做的麦片，她吃了一点，然后就上了楼。她忽然不想再待在楼下，过了一会儿她又下了一次楼，把老太太的那间屋门给关了起来。她希望这时候有电话打过来，最好是从那边打过来的，她想好了，只要那边这时候打电话过来，她就会把老太太的死讯马上告诉他们，他们也许会很快就从新西兰那边赶回来。但她也想好了，要是那边不打电话过来，她也不会打电话过去，虽然她知道那边的电话号码，但她不知道自己打过电话之后将会发生什么事。而她可以肯定自己不会继续住在这里，自己到时候要搬到什么地方去住？或去什么地方重新找事做？她过去，趴在窗口朝外看了看，对面楼顶白花花的。

她回头又看了看自己这间屋的门，走过去，轻轻把门关上。

一天过去了，两天过去了，三天过去了，到第四天的时候，她不得不找些胶带纸把老太太那间屋的门缝封了起来，那种味道实在是太难闻了，但味道是封不住的，她只好重新打开门把老太太屋子的那扇窗户打开。老太太还那样躺着，当然她只能那样躺着，如果没人动她的话,她只能一动不动脸上蒙着那块白纱那样躺着。她绕过床,踮着脚把窗子打开,又马上踮着脚从这间屋子出去,然后又把老太太的门缝用胶带纸封了一下,这样一来味道小了一些,再说她也像是习惯了。在这四天里,她又接到那个女的打来的电话,现在她只要一听到那个女的的声音就会把电话放下。这四天,她一次门都没出过,也不见有人来敲门,整整九年了,上门的除了收电费、水费和煤气费的,她几乎就没见过别人。整整四天,她一直待在楼上,有时候会下来找点吃的,厨房里有方便面,还有点心,点心都放硬了。她看了看冰箱,里边有元宵,那种袋装的,还有温州人腌的那种雪白雪白的小萝卜,这种小萝卜原来是粉红色的,一旦腌成白的,味道就酸酸的,很好吃。老太太很喜欢吃这萝卜,用一点点瘦肉切成丁儿,再把这种萝卜也切成丁儿放在一起炒,是一道就米饭的好菜。她总是把要拿的东西从冰箱里一取出来就马上急慌慌地离开厨房,上楼的时候心又总是"怦怦"乱跳,好像做了什么坏事。其实她现在没什么食欲,一点点都没有。有时候她会下楼去厨房烧一壶水,但又往往会把这档子事忘掉。当水壶的警铃猛地响起来的时候,她又会被吓一大跳。

电话是第五天打过来的,从遥远的新西兰,打电话的是老太太的儿子。

接电话的时候,她的心"怦怦"乱跳,她用手按着那地方,到了嘴边的话又咽了回去。

"睡着了。"她说。

"那就让她睡吧。"老太太的儿子在电话里说,"咱们那边下雪没?"

她朝外望了一下,对面屋顶上的雪已经不见了。

"身体怎么样?"

她听见自己在说:"很好。"

电话里又说了话:"牙镶得合适不合适?"

她的脑子忽然亮了一下,想起那个女人无数次打过来的电话。

"怎么样?"

她忍不住"啊"了一声。

电话里老太太的儿子说老太太是该再镶口牙了。

"谢谢你带她出去镶牙。"老太太的儿子又说。

她不知道该说什么,又说:"身体挺好。"

"楼上有台电视机,"电话里老太太的儿子说,"你可能和老太太看不到一块儿去,你看楼上那台电视吧,各看各的。"

老太太的儿子最后又说打电话就是想问问镶牙的事,牙镶得合适就好,又说这边看牙医要花很多的钱。这时候她听见电话里有什么叫了一声,声音很尖。是狗。她知道他们在那边养了一条狗。她还看过那条狗的照片,黑的。

她对电话那边老太太的儿子说:"身体挺好,放心吧。"

这么说话的时候她的另一只手用力按着自己胸口那地方,好像马上就要透不过气来了。

"它一点儿也不脏。"

她不知道电话里这句话是对她说的还是对站在那边电话旁的人说的,是在说狗还是在说人。电话里又有人说了句什么,声音很含糊。

这天她下楼去了一次,她径直去了那家小镶牙馆,她想起来了,她把老太太那口亮晶晶的假牙取了回来。她对镶牙馆的那个女牙医说老太太这几天下不了楼,她会把假牙先拿回去让老太太试试,有什么不合适再拿回来。女牙医说:"我们可以出诊,有时候给躺在床上不能动的老人镶牙我们都出诊。"从镶牙馆出来,她路过那家卖面包的小铺子,她喜欢吃那种最便宜的面包,那种面包总是十个连成一片地卖,有那么点酸味儿。她买面包的时候,卖面包的年轻人正把一个面包掰开让另一个顾客闻,并且很生气地说里边的果酱都是鲜货,谁会用过期的果酱做面包!她看不清玻璃后面卖面包的那张愤怒的脸,玻璃的反光很厉害,她只能在玻璃上看到自己,她就那么看了一会儿自己。她算了一下,要是老太太和她一起吃这十个面包,她们可能要连续吃五天,但现在只有她自己。

从外边回来,她踮着脚去了老太太那间屋,但她没有进去,老太太的屋门还被胶带纸封着,所以她现在闻不到任何味儿。她把那副假牙用一块儿黄绸子包了包,那块儿黄绸子是从礼品盒子上取下来的,这会儿终于派上了用场。她把那副假牙仔细包好,然后把它轻轻放在了老太太那间屋的门口,远远看过去,是那么黄黄的一小块儿。很长时间,它就一直被放在那间屋的门口。从楼上下来去厨房的时候,她总会朝那边看一眼,然后急急走开。她现在是吃在上边,住也在上边,平时很少下来,下边这一层除了厨房,地板上都已经蒙上了很厚的一层灰尘。

再有一次,已经快到秋天了,那边又打来了电话。

"身体挺好,老太太和老同事们聚会去了。"

她的手抖个不停,好像又要透不过气来了,她正想再说句什么,那边已经挂了电话。

房客

我的天啊,他醉了。汤立对妻子李菁说。

我去看了一下,他一躺下来就睡了。李菁说。

那间屋太冷。汤立说。

汤立和李菁说话的时候夜已经很深了,孩子们都上楼去睡了,他们还想再看一会儿电视。

汤立说,我让这老家伙搞得没喝好,我还要再来点。

那你就顺便给我也倒一杯。李菁说她想要葡萄酒。

汤立就"啪啪嗒嗒"去了厨房,听脚步声汤立还真是没有喝多。不一会儿汤立就从厨房那边过来了,一只手里是两只杯子,另一只手里是一个盘子。因为是过春节,汤立给厨房的窗子上和大厅的落地窗上都装了那种闪烁不停的彩灯,彩灯这会儿还闪着,红的、绿的、黄的、蓝的。李菁刚才去阳台朝外看了看,外面可以说是灯火辉煌,几乎家家户户的窗口都装饰着这样的彩灯。

汤立又"啪啪嗒嗒"去了一趟厨房,除了酒,他还拿了切好的红肠,汤立特别喜欢吃这种哈尔滨红肠,其实哈尔滨跟他跟李菁都没一点点关系。汤立坐下来,已经把一片红肠放进了嘴里,马上又放了一片,还不够,接着又放了一片。汤立说吃红肠的最好办法就是一下子放好几片在嘴里,这样才能吃出红肠独特的味道。但整根拿在手里往嘴里送的样子可真是不好看,汤立说他只有上大学的时候才那么吃过。

我以为人上了年纪就不会喝那么多了。汤立说。

李菁知道汤立在说什么,但她的心事在另一边,她想不到在这样的晚上家里会出现一个这样的不速之客,这个老头居然有这个家的钥匙。李菁刚才已经说过了,要汤立去找找把房子租给他们的房东,问问他到底还有多少把这间房的钥匙,这么下去可不行。

你这就打电话。李菁说。

马上给他们打电话。李菁又说。

是,真不像话。汤立也说。

就这么突然进来了,真吓了我一跳。李菁说。

这是我的房子,我是他父亲。那个老头刚才小声说,按道理他应该大声把这话说出来。

我又不认识你,我要给你儿子打电话。汤立说。

不要给我儿子打电话。老头又说,说他担心儿子又把他送回到养老院去。

那你也不能住在这里。汤立忽然有些生气,但连汤立自己也不知道自己是在生老头的气还是在生老头儿子的气。

我只想回来看看,我不知道我的房子被出租了。老头很伤心,说这才不到四个月。他们找了辆车把我拉来拉去,结果我就在养老院里边了。老头十分伤心地说。

汤立把酒递给了李菁,说你想喝多少就喝多少。

李菁忽然笑了起来,她笑的时候杯子里的红酒直晃荡,她的另一只手里是一片红肠,她总是担心自己会发胖,所以吃什么都是一点点。但她吃起水果来让人很害怕,汤立说李菁再要是这么下去就要变成虫子了,亚马孙丛林里的虫子。其实汤立是想夸一下李菁,所以接着说,那边的毛虫可真漂亮!在树枝上一拱一拱地爬,像急匆匆赶去结婚的新娘。

李菁说,问题是,要问问这老头会不会真是房东的老爸。

我看是,汤立说,你看他对这里的情况比咱们还熟。汤立看了一眼周围,房子里的一切都是房东的,连电视机和冰箱都是,现在租房子都这样,房东要把什么东西都准备好。

李菁记起来了。李菁是一喝酒就什么都会记不起来,但她这次还是记起来了,这说明她喝得还不够多。她记起来了,老头一开始是在外面敲门,敲得很轻,那么轻的敲门声一般人都不会听到。门被敲了好久,然后才被从外边打开了,这让屋里的人都吓了一跳,当然老头也被汤立和李菁吓得够呛。汤立一下子就站了起来,他们正在吃饭,饭才吃到一半,年夜饭总是吃得很慢,不单单是汤立和李菁他们一家。

你是谁?汤立问那个老头。

你们是谁?我儿子他们呢?老头说。

你怎么会有这里的钥匙?汤立继续他的问话。

那老头却侧着身,两眼看着汤立和李菁。他侧着身子朝卧室走,小声说,这是我的家,我怎么会没有钥匙?

汤立和李菁面面相觑,他们不知道老头去卧室做什么,都有点发蒙,怎么回事?怎么会有这么一个老头从外边一下子进到他们的家里来?虽然这房子是租的,但也是他们的家。这老头居然有这里的钥匙。汤立和李菁把这套房子租下来还不到两个月。

汤立和李菁冲进卧室的时候看见那老头已经坐在了床上。这是我的床。

你不应该坐在这里,汤立说。

这是我的家,你们是谁?老头问李菁,从进屋后,老头说话总是对着李菁。

我还想问你是怎么回事。汤立对老头说。

你们怎么会在我的屋子里?老头说,这是我的床,这个床现在无论去什么地方都买不到了,这种车工活儿现在也不会再有了,这种橡木床现在也不会再有了,西番莲。

说实在的,汤立和李菁租这套房子的时候一下子就看中了这张大床。李菁当时还悄悄说,这张大床要是咱们的该有多好。这张大床四边各有四根很粗的柱子,柱子的顶端是四个雕花,四朵西番莲花。

怎么回事!你出去!汤立说,而实际上汤立的愤怒是装出来的。

汤立说,这房子是我们租下来的,是有合约的,我才不管这房子是不是你的,这床是不是你的,你现在给我出去。

李菁被汤立的话吃了一惊,汤立可不是这种人。

那老头从床边站起来,很努力地站起来,真不知道他刚才是怎么走到这个区的,他说他是在养老院,但附近根本就没有养老院。老头站了起来,好像身上的每一个关节都已经锈掉了,都能让人听到"嘎巴嘎巴"的响声了。但李菁还是听清楚了。老头在说,我只想回家过个年,我只想回家过个年。

李菁看了看汤立,汤立也正在看她,老头的话让李菁忽然伤心起来,但汤立拉了她一下,李菁就明白是什么意思了。汤立和李菁跟在老头后边,直到老头走到楼下拐角的那扇一直锁着的门前。那间屋在他们租房子之前就已经说好了,是房东留着自己用的,因为里边放着不少杂七杂八的东西。而且这间屋里没有暖气。

汤立和李菁站在老头的身后,看着老头从身上掏出来一串钥匙,把那间屋的门打开了。

你是不是今晚要住在这里?汤立说话了。

老头已经进到了里边,"窸窸窣窣,窸窸窣窣"的声音从里边发出来。

能不能给我点酒?老头在里边说。

汤立看了看李菁,停顿了一下,小声说,再把菜热热。

李菁站在汤立的后边,老头没把门关好,这就让汤立和李菁能看到这间屋里几乎放满了东西,他们是第一次看到这间屋子的里边。靠门的这边衣服架子,上面挂满了衣服,靠北边墙是一张床,床上也放了不少东西。老头已经把床上的东西搬了下来,老头可能是太累了,已经躺在了床上,这间屋里可真够冷的。

你不能睡在这里。汤立说。

老头没说话。

你会冻感冒的。汤立又说。

能不能把门关上？老头说。

汤立没有关门,他拉拉李菁,然后他们就上楼去了。

有没有酒？老头在屋里又说。

他要酒。李菁说。

他是应该喝点。汤立说,这是大年夜,不管他是谁。

汤立已经给老头的儿子打过了电话,老头的儿子在电话里说他们全家正在三亚度假,说三亚这边真热,停停才又说,出了这种事真不好意思。他怎么从养老院里跑出来了？养老院是怎么回事？他们是收了钱的。老头的儿子在电话里不停地说。

汤立没再听电话里老头的儿子再说什么就把电话挂了,汤立心里忽然很难受,说不出的难受。他给自己点了一支烟。

汤立去了一下厨房,李菁正在厨房里热那些剩菜,一个很大的盘子放在那里。他一个人吃不多,李菁对汤立说,少热一点就够他吃了。

汤立去把酒取了过来,是一瓶高度白酒,汤立的父亲就爱喝高度酒,那个时代的人根本就不会把低度酒当回事。所以,汤立也喜欢高度酒。

汤立,李菁说,要不让老头到厨房这边吃吧。

我也是这个意思。汤立说,这本来就是他的家。

汤立和李菁又去了那间可真是够冷的小屋,汤立把自己的意思说了,说请老头到厨房里去吃,那边暖和一点。李菁也说,你在这里吃东西也许会感冒。让汤立和李菁想不到的是老头竟拒绝了,他请李菁把那一大盘菜和那瓶酒放在床上。

既然我儿子把房子租给了你们……老头说。

老头突然想起了什么,我的狗呢?

汤立和李菁互相看看,他们没见过什么狗。

我那条狗都活了十六年了,老头说,也得给它吃点东西。

你儿子他们在三亚度假,狗也许跟着他们。汤立撒了谎,这样,也许对老头是个安慰。

我那条狗一直跟着我。老头又说,我回来也是想看看它。

李菁又看了看汤立,他们无论是谁,都没见到过附近有狗出现。

什么颜色?汤立说。

白的,身上有黄花。老头说,他开始吃菜,喝了一口。

那是条好狗,从来没有咬过人。老头说。

那真是条好狗。汤立说,那条狗嘛,跟你儿子他们去了三亚。

老头是饿了,吃得又快又急,酒也喝得很快,看样子,老头身体其实不错。

你慢点喝。李菁说,你喝完了可以过来看电视。

李菁推了一下汤立,然后他们就又回到屋里去,电视开着,欢笑声从里边传了出来。但李菁和汤立都笑不出来,他们面面相觑。

他说他有条狗。李菁说。

我根本就没见过什么狗。汤立说。

你这就打电话。李菁说。

打什么电话？给谁打电话？汤立说，其实他马上就明白李菁让他给什么人打电话了。

问问那条狗在什么地方，李菁说，这老头真可怜。

这真是很奇怪，我们管这些事做什么？汤立说，但他还是很快就拨通了电话。但老头的儿子那边的电话一直响着，就是没人接。

其实你是瞎操心，就是把狗找着，老头也不可能带条老狗去养老院。

李菁不出声了，用手捂着脸，汤立以为李菁是困了，但他马上就明白李菁是怎么了。

我很难过，李菁的眼泪止也止不住，这么一来，好像感冒的不是别人而是她，她的声音也变了。她站起来，说要去再看看，看看老头还想再吃点什么，或许，他还想喝点什么热的东西，比如牛奶。

李菁去了厨房，冰柜里有牛奶，她用微波炉热了一下。

汤立把烟拿在手里，但他发现打火机打不着了，他把打火机甩了又甩，他翻了翻抽屉，抽屉里也没有备用的打火机。

汤立对李菁说他要出去买打火机，也许老头还想抽一根烟。

汤立出去了，外边很冷，但汤立只穿着拖鞋、一条秋裤，又把那件很长的鸭绒衣披在身上。李菁忽然笑了起来，说，你这身打扮像不像暴露狂？李菁上大学的时候，有一次她在小道上走，对面就站着一个男的，穿着件很长的大衣，李菁根本就没这方面的经验，她走过去的时候，那个男的就猛地把大衣张开。李菁那次不是被吓坏了，而是觉得不可思议,奇怪那个男的里边居然什么都没穿。

你真像我上学时遇到的那个男人。李菁说,你这样子真像。

汤立出去了,不一会儿就买了打火机回来,这时候已经是后半夜两点多了。

好家伙,就为了买一个打火机。李菁说。

那边,你没过去?汤立用手指了指,说。

我等你。李菁说。

然后,他们去了老头待的那间屋,那间屋子真够冷的。

汤立已经把要说的话想好了,就说已经打电话问过了,那条狗跟他的儿子去了三亚。但汤立没说什么,因为那老头已经睡着了,脸朝里侧身躺在那,那一瓶酒已经喝光了,大盘子里的饭菜却剩了不少。

这是他的家。汤立小声说。

我们不过是房客。李菁也小声说。

天终于亮了,老头醒来了,头有些疼,那一整瓶酒让他睡了个好觉。

老头醒来的时候忽然吃了一惊,他发现自己躺在橡木大床上,床上四边的那四个柱子还跟过去一样,柱头上的四朵西番莲花还一如往昔地开放着。

您可睡了个好觉。后来,汤立出现在了屋门口,李菁站在他后面。

汤立说,我想告诉您⋯⋯

但汤立不知道接下来该说什么了。

狼尾头

然后,他们全家决定先去饭店大吃一顿。他们刚从那个谁也不想去的地方出来,那个地方肯定是谁也不想去,但他们必须去,他们在那地方刚办完了事,紧接着就接到医院那边打过来的电话,这简直太叫人吃惊了,简直要让人惊掉下巴。医院那边的人在电话里低声慢气地说:"这件事真是对不起,弄错了,你们的母亲并没有死,而且开始吃东西了。"

这可真是太让人吃惊了,大卫的家人你看着我,我看着你。

"真是太不可思议了。"大卫说。

大卫的家人现在都怀疑是不是医院那边打错了电话。那个已经被埋在地下的人到底是谁?不是他们的母亲。居然不是他们的母亲!

医院怎么会这样？这实在是太离谱了，他们整整忙了三天，结果那人竟然不是他们的母亲！三天以来，他们还不停地流眼泪，流眼泪是会传染的，一个人在那里流，紧跟着别人也会流。哭也是这样，只要有一个人哭，别人也会跟着哭。他们现在都奇怪自己怎么就从没怀疑过死者不是自己的母亲。不过这种事的发生概率太低了，他们谁也想不通这事怎么会发生在他们的身上，他们现在倒是有些责怪他们自己怎么就没有把那个袋子拉开看一下，哪怕是拉开一个很小的口子，只看看里边的那张脸就可以。但医院说那个袋子必须拉得严严实实，那个袋子被喷了消毒液，味道很呛，就是这么回事，这没什么好说的。

"怎么会有这种事发生？我们居然打发了一个谁都不知道是谁的死人。"大卫的大姐对她的丈夫说，她的表情既吃惊又愤怒，"怎么还会有这种事？"

"这种事也真是太不可思议了。"大卫侧过脸对他的女友说。

"是有点吓人。"大卫的女友小声说。

"那个人到底是谁？"大卫看着他的大姐，大姐的样子现在越来越像他们的母亲。

"太吓人了。"大卫的女友又在一边小声说，用手拉了一下大卫。

"人活着就是不停地烦，这就是人生。"大卫忽然来了这么一句，这是他的口头禅。

大卫抬头看着旁边的那棵树，那是棵很大的树，上边居然会有三个鸟窝。即使是在这种时候，大卫还是把这话对他的女友说了出来，大卫说树上最大的那个鸟窝差不多有五十厘米乘五十厘米大。

"也许是个老鹰窝,明年它们还会回来。"大卫说。

"这时候你还有心思说鸟窝?"大卫的大姐马上在一旁对大卫说,"那个人跟咱们有什么关系?"

大卫知道大姐说的那个人是谁,就是刚刚被他们埋到地下的那个人。

"这件事得马上跟医院交涉一下。"大卫的大姐夫说。

"吃完饭,见了医院的人,要说就要说到点子上,把咱们一共花了多少钱先说清楚。"大卫说。

大卫穿着一件很旧但很漂亮的棕色皮夹克,这是一件飞行员的皮夹克,是他父亲留给他的。

大卫说三天了,真不敢想自己的那些客户会被气成了什么样,虽然他已经向他们解释了,他对他们说谁都有母亲,但未必是每个人的母亲恰好都会在这几天突然去世。大卫这么一说,电话那头的客户们马上就都不再说什么,有些客户甚至还会安慰他:"不要太悲伤,这种事是迟早的事。"

整整三天,大卫的女友一直陪着大卫,这让大卫的家人都很感动。大卫的家人都希望他们赶快结婚。大卫已经不小了,谈过不少女朋友,但后来都分手了。大卫现在的兴趣好像一直都在户外野营上,自打从部队复员回来,大卫就热爱上了户外活动,热爱上了观察鸟。

"在这个世界上,最高级的动物其实是鸟,它们可以在天上到处飞。"大卫对他的女友说。

道边的树叶已经都黄了,只要一刮风,叶子就会飘落下来。大卫和他的亲戚们忽然都不再说话,他们一时都没了主意。他们从那个地方出来了,他们还要再走一段路才能到达可以通车的大路。他们一时都不说话,只顾走路。那个死去的人,他们现在都在心里想,那个死去的人到底是什么人?怎么就被当作了他们的母亲?医院可真够缺德的,三天以来,他们没有任何理由怀疑那不是他们的母亲,但现在他们已经无法知道那个人是谁。再说事情发展到这种地步,对他们已经一点意义也没有了。问题是那个人已经变成了骨灰,那些骨灰现在已经被装在一个漂亮的盒子里并且被埋在了地下。那真是一个花花绿绿的、看上去充满了生机的漂亮盒子,上边雕刻着仙鹤和其他什么鸟,它们在欢快地飞翔。挑选这个盒子的时候,那个年轻小老板还说:"你们最好不要弄错,这种东西女人用的都是仙鹤和鸟,男人用的才是龙。去那个世界,女人一般都骑仙鹤,男人才骑龙。"

"差不多就像坐过山车。"大卫马上跟着来了一句,差点笑了出来。

那个年纪轻轻的小老板是温州那边的人,长得很漂亮,他看着大卫也笑了一下。大卫奇怪这么漂亮的年轻人怎么会做这种工作。在大卫的想象之中,做这种工作的人都应该是糟老头子。那个年纪轻轻的小老板与众不同的地方是他留着很长的指甲,两只手上的大拇指指甲都很长。

早上,在殡仪馆的时候,大卫和他的亲戚们每人领到了一份三明治和一袋奶,还有一颗鸡蛋,但大卫发现几乎没人动那些东西,不少三明治和牛奶都原封不动地放在椅子上,估计过后还会发给下一拨人。

昨天刚刚下过一场冷雨,现在气温也真够低的。大卫和他的亲戚们的意见一样,决定先去吃饭,把肚子问题解决了再去看躺在医院里的母亲,然后再跟医院那边把事情一是一、二是二地说清楚,把这几天花掉的各种钱全部要回来。

"这简直是一个天大的奇迹。"大卫忽然笑了起来。

大卫的亲戚们看着大卫,也都跟着笑起来。

"你们还有心思笑。"大卫的大姐说,其实她自己也在笑。

于是,他们去了饭店。那家饭店的门口挂着一只很大的鸭子,油光光的树脂鸭子。这家饭店最好的一道菜就是梅菜烤鸭子,鸭子的肚子里塞得满满的都是那种好吃的梅菜,人们都很喜欢用鸭子肚子里的梅菜吃米饭,所以这道菜去晚了总是点不到。这道菜有个好听的名字:"梅鸭"。

去饭店之前大卫和女友回了一趟家,大卫的女友对大卫小声说怎么也得换换衣服。她这话是对大卫说的,但被其他人听到了,其他人也都马上觉得是有必要把衣服换一下,从那种地方回来是应该换换衣服,所以几乎是所有人都马上回家换了一下衣服。

"我不但没胃口,恐怕现在连那个都不行了。"大卫一边走一边小声对女友说。

"我想恐怕是这样。"大卫的女友说。

"我想我肯定是起不来。"大卫又对女友说。

"从那地方一出来就想这种事好像不对。"大卫的女友说。

"你真不该跟我去那种地方。"

大卫抬起一条胳膊搂住女友:"那种地方一个人一辈子只去一次

就够了。"

"这种事,忙了三天,原来却不是你母亲。"大卫的女友突然又忍不住笑了起来。

大卫看着女友的脸,他此刻倒有了饥饿感,想吃东西了。香肠,大卫马上就想到了香肠。他最近吃到了一种很香的香肠,陈皮肠,南方战友寄过来的,香肠里有陈皮,味道很特别,以前没吃过,很好吃。

大卫和女朋友回家把衣服都换了,大卫的女友还顺便去卫生间洗了一下脸。

这时大卫忽然有了新的主意,他正在用一块抹布擦皮夹克,皮夹克这种东西是越旧越有味道。大卫看着女友,说他现在不想去医院了,那顶新搞到的户外宿营帐篷他们还没用过。

"就等着跟你一起去。"大卫说。

"这话挺好的。"大卫的女友说。

"要不这就去,咱们不去吃饭了。"大卫说。

"你妈你不管了?"大卫的女友说。

"有他们呢。"大卫主意已定。

"应该先去医院。"大卫的女友说。

"这事可够麻烦的,我今天不想让自己再麻烦了。"大卫说。

"是够麻烦。"大卫的女友也说。

"问题在于咱们谁也不知道那人是谁。"

大卫很小心地不说"那个死人"或者是那个"被烧成了灰的人"。问题是,他们一直都以为那就是他们的妈妈,他们哭得真是够可以的,他们都想不到自己会哭成那样,个个都哭得稀里哗啦。尤其是大卫的大姐和二姐,她们简直都被自己的哭给感动了。

"你说说这都是些什么事,哭了老半天,那居然不是我妈。"

大卫又说:"医院真是太坏了,还在电话里边说我妈一醒来就吃了一颗鸡蛋。"

大卫的女友看着大卫,不知道他这话是什么意思。

"我妈有三年都没吃过东西了,植物人会自己吃东西吗?会吃东西还是植物人吗?"大卫说。

"医院也真是太离谱了。"大卫的女友说。

"我看是麻烦事来了。"大卫又说,"我看这是医院自己给自己找麻烦。"

"是麻烦。"大卫的女友看着大卫,"你想想,墓地、骨灰盒子,各种费用,都要算得清清楚楚,都得一笔一笔去跟医院要,一分也不能少。还有你大姐、二姐、你姐夫他们从外地飞过来的飞机票钱,还有他们这几天住宾馆的费用,都得让医院出,因为这事是他们搞出来的。"

大卫一屁股坐了下来,坐在他电脑前边那把可以不停打转的椅子上。那把椅子扶手上的人造革已经破了,被大卫用同样颜色的人造革粘了一下,大卫的手很巧,现在居然一点都看不出破绽来。

"这可真不是一般的麻烦,各种花费都得算清,医院必须出这笔钱。"大卫的女友又说。

"肯定是这样。"大卫说,"这可不是一笔小数字,光公墓那块儿地就十万。"

"现在一般人真是死不起。"大卫的女友说。

"这笔钱肯定得让他们医院想办法。"大卫说,"我们该走了,我们这就去湖边,我今天可不想再麻烦了。"

"你这么做是不是有点麻木?"大卫的女友说。

大卫看着女友,知道她的意思。

"去和不去一样,快三年了,我妈谁都不认识。"大卫说。

"要是当时拉开一条缝看一下就不会出这种事了。"大卫的女友小声说。

"那可是尸袋。"大卫说。

"反正你们都有点麻木。"大卫的女友说。

"问题是现在人们多生活在麻木之中。"大卫说。

"所以说喝酒也许是件好事。"大卫的女友说。

"我做那种事也是为了让自己不麻木。"大卫说,顺便把一捆纯净水提在了手里。

"对,把水带上。"大卫的女友说。

"今天晚上咱们也许要麻木一晚上。"从家里出来的时候,大卫又说。

"谁又把垃圾放过道了?"大卫的女友说。

"其实你也喜欢麻木,又麻又木。"从楼道出来往车那边走的时候,大卫又说。

"你穿皮夹克挺漂亮。"大卫的女友说。

"是皮夹克漂亮。"大卫说。

大卫穿的皮夹克太老了,是他父亲留给他的。当年大卫的父亲出去打猎总是穿着这件皮夹克,皮夹克的肩膀那地方都有点裂了。大卫给那地方抹了点用来搽手的绵羊油,这是大卫的一个战友告诉他的,所以那地方皮子的颜色和别的地方不太一样。

然后,大卫和女友就去了那个湖边,那个湖就在城市的东边,不远。能闻到湖水的气息了,能看到湖了,大卫把车停下来,和女友一起下了车。在这种季节,湖面是灰白色的,虽然还没有上冻。大卫已经和大姐通了电话,他说他累了,女友也累了,不去了,不想吃东西。大卫说他想和女友单独待着。大卫的那些亲戚已经点好了菜,听大卫在电话里这么一说他们便开始吃他们的了,他们的兴趣一时都转移到了梅鸭上,这道菜可真不错。这个季节,店里的顾客很少,窗外的落叶打得窗玻璃唰啦唰啦直响。这也就是说,他们是坐在临窗的地方。大卫的大姐跟服务员要了三个塑料餐盒,她把桌上的每样东西都夹了一点放在了餐盒里边,待会儿她会把这些东西带到医院去。

"能吃多少就吃多少吧,这么好的梅鸭。"大卫的大姐说。

"她当然一点也不会吃,她会吃就好了。"大卫的二姐说。

"唉,人活着没什么意思,我跟你们说,也许她什么都知道。"大卫的大姐说。

"也许吧。"大卫的二姐说,"植物也是有生命的,有生命就不能说它们不知道。"

"也许她什么都知道。"大卫的大姐又把这话说了一次。

桌上的人忽然又都笑了起来,医院那边的人居然说他们的母亲吃了一颗鸡蛋。

"真的,也许她什么都知道。"大卫的大姐又说。

大卫的亲戚们当然都知道大卫的大姐是在说谁,大卫的姐姐甚至还往盒子里夹了一只鸭腿,虽然她知道母亲不可能吃任何东西,但这么做好像能让她心里得到一点安慰。其实她现在心里有些发愁,其实别人心里也都有那么点发愁,他们都知道他们的母亲忽然又醒过来意味着什么,他们的母亲变成植物人足足有三年了,从头一年开始他们就给母亲请了一个从乡下来的女护工,那个女护工的脸红扑扑的,劲可真大,饭量也大。母亲一个人的退休金根本就不够用,所以他们每个人每个月还要给母亲打些钱来。给母亲雇了护工之后,他们轻松了许多,他们去医院的次数也少了,他们可以腾出更多的时间去做自己的事。因为每个月给母亲一些钱,所以他们都觉得他们自己很孝顺,听说母亲去世他们心里好像都松了一口气,但没想到又出了这种事,人等于是又活过来了。

"医院真够缺德的。"大卫的大姐说,"他们怎么会弄出这种事?"

"那个护工呢?她那会儿在做什么?她在做什么?"大卫的二姐说。

大卫母亲请的是那种整天不离病人的护工,既然她在,怎么会出这种错?

"到底错在哪儿?"大卫的大姐夫说。

大卫的亲戚们忽然都觉得事情严重了,但他们又想不出会严重到什么地步,医院怎么会出这种差错。

"所有的花费必须都得让医院出。"大卫的大姐说。

大卫的大姐说话的时候别人都看着她。

"要不要医院给咱们精神赔偿费?"大卫大姐的眼神像是看着每一个人。

"这个太应该了。"大卫的二姐说,"好在我心脏没问题,要不早就哭晕过去了。"

他们就这样一边吃饭一边说着这件事,他们越说越来火。然后他们就去了医院。医院门口排了很多人,他们都在等着进医院,但他们不能一下子都进到里边。风这时候刮得很大,树叶子打在人脸上,生疼,这你就知道风有多大。医院对面是个公园,有人在里边走来走去,用一个耙子搂着地上的树叶子,还有几个人在那里聊天,他们都是些没事的闲人,刮风并没影响到他们的兴致,但医院这边的人谁也看不清那边人的脸,因为他们都戴着口罩。

医院门口的人也都戴着口罩,所以他们也是谁也看不清谁的脸。

大卫把那顶黄色的户外帐篷搭在了湖边景区规定搭帐篷的地方。现在这个季节,热衷到户外玩儿的人已经很少了。不远的地方有一顶蓝色的帐篷,也许是因为那顶蓝色的帐篷,大卫才把自己的帐篷也搭在这里。

大卫的女友说要去水边看看。

"去吧,可别掉进水里。"大卫说。

大卫忽然从背包里取出一个皮面的小笔记本并在上边记着什么。还没等女友开口问,大卫就说:"我马上就来,我想起来了,不记下来也许会忘掉,要一笔一笔都记清楚,马上把钱退给人家。"

大卫这么一说,他女友就知道他在记什么了。

大卫的母亲"去世"后,朋友们发来不少红包,红包里的钱数五百、一千不等。

"这下好了,还得一笔一笔退回去。"大卫笑了起来,"医院!"

大卫的女友也忍不住笑了,这事可真是太好笑了。

"医院!"大卫又大声冲着湖那面喊了一句。

湖水已经凉到不能游泳了,但大卫和女友还是看到有人在那边垂钓。一只白色的大水鸟在湖面上飞过来又飞走了,又飞过来又飞走了,它总是在湖面上绕圈子。这时候,大卫的手机响了,他看了一下,没接。过了一会儿手机又响,他看了一下,还是没接。

大卫对女友说:"你看这棵大树,上边的鸟巢也够四十厘米乘四十厘米,这说明里边住的也是大鸟。"

大卫的女友也抬起头来看那个鸟巢,这一点她挺佩服大卫的,一眼就能看出鸟巢的尺寸。

"猛禽之类的,它们晚上也许就会回来,你看地上它们拉的那些屎。"

"可别把屎拉在咱们的帐篷上。"女友说,"白花花的。"

"哪会。"大卫说,"不过也说不定。"

"它在找鱼呢。"大卫又对女友说那只在不停地飞来飞去的大水鸟。

那只白色的大水鸟此刻落在了南边那座水泥大桥下边的一个小洲上,成了一个白点子。

"再过几天会有大量的候鸟,它们会在这里待两三天,最多两三天。"大卫说。

大卫的女友知道大卫拍过不少鸟,因为拍鸟,他和他的战友去了不少地方,一有时间他就会去拍鸟。所以他的活动区域越来越大,朋友也越来越多。他们都是鸟友,研究各种鸟。

"它们生在这里,长大后还会回到这里。"大卫说。

大卫的女友说这个她也知道,候鸟几乎都这样。

"而且它们还会再回到它们出生的那个窝里去,在里边再孵化小鸟。"

大卫的女友说,她可是第一次听到这些。

"所以说它们的窝就是它们的祖产,它们可以一代一代都住在那个窝里,除非那个窝不在了。人可不行,根本做不到这一点。"大卫说。

"要是能出去,你想去什么地方?"大卫的女友看着大卫。

"去墨西哥,我一直想去那里拍蓝蜂。"大卫说,"蓝蜂漂亮死了。"

"什么是蓝蜂?"

"蓝色的蜜蜂,像宝石一样,闪闪发光。"大卫说,"这种蓝蜂只有墨西哥才有。"

"像蓝色的甲壳虫吗?"

"对,金龟子,亮的,不知谁给它们镀的金子。"

大卫的女友有点走神,她想不出这种蜜蜂应该是什么样。

"那种大型鸟有时候晚上会飞回它们的巢,白天再飞出去。"

大卫又开始说大鸟,抬着头。他说的大鸟一般都是猛禽,老鹰或者别的什么。

"隼不大,但也是猛禽。"大卫又说,"就这么大。"

大卫的女友说她还没有见到过隼。

"所以说，有些东西不是大就厉害，有些东西看上去不大却相当厉害。"大卫说。

"我怎么就没见过隼？"大卫的女友说，"这种鸟是不是有点神秘？"

"隼都被人们卖到阿拉伯地区去了。"大卫说。

这天晚上，大卫就和女友住在了湖边，不远处的那个蓝色帐篷也没拆，天黑后那个帐篷里也出现了灯光。大卫和女友吃了点东西，然后开始做他们自己的事。他们在帐篷里能听到湖水的声音，这让大卫很兴奋，后来他们在湖水的声音里睡得很香，然后天就亮了。天亮后，大卫从帐篷里出来，向湖边走去。湖边的雾很大，因为雾的关系，大卫现在看不到那顶蓝色的帐篷了。

也就是这时候，大卫的电话响了。大卫想了想，还是接了。

"妈这回可真死了。"电话里是大姐，一声惊呼。

"这回是真的吗？"大卫说。

"这也算是一种解脱，妈的苦难终于结束了。"大姐的声音开始变了，开始颤抖。

大卫的大姐是中学语文教员，她当了一辈子中学教员。大姐的声音里居然还能让人听出来悲伤，其实家里其他人的悲伤早就让时间消耗光了。感情有时候也是一种预支，包括悲伤，像一壶水，倒光了就没有了。

"悔不该我们昨天晚上都回去睡了，你知道医院是不让任何人留宿的。"大卫的大姐说。

"这也不是什么坏事,起码妈不再受罪了。"大卫说。

"早上护工起来,发现妈的半个下巴掉下来了,这回可真完了。"大卫的大姐说。

"怪吓人的,下巴怎么会掉下来?"大卫给吓了一跳。

"人就这么回事。"大卫的大姐突然开始抽泣。

"我这就回去,这就回。"大卫说。

这时,大卫的女友也从帐篷里边钻出来了,她手里拿着把梳子。

"看到大鸟没?"她以为大卫在看大鸟。

"我妈这回可真死了,这回是真的。"大卫奇怪自己好像没有一点点悲伤。

大卫的女友看着大卫,她不知道该说什么好,她找不出要说的话。

"但愿这次没搞错。"大卫居然笑了一下。

回去的路上,大卫的女友开着车,大卫想让自己想想小时候母亲的事,但现在连一件也想不起来了。

"真没意思,我大姐说我妈的下巴掉下来了。"大卫说。

"怎么回事? 下巴?"大卫的女友说。

"其实谁活着也都没什么意思,折腾到最后也都是个死。"大卫说。

"你得先去把头发给理了,这回可真得理发了。"大卫的女友对大卫说。

大卫他们这地方的风俗是,父母去世后三个月内不能理发。

"这回弄不好我会把头发全部推光,光头。"大卫说。

"先去理发。"大卫的女友说。

"对,先去理发。"大卫说。

时间过得很快,转眼间已是春天了,这个春天连着下了几场雪,所以树绿得好像要比往年都早。下雪的时候,大卫会在窗台外边的那只大碗里放一些米,这样可以让那些总是在小区里飞来飞去的斑鸠不至于饿死。鸟类怕下雪,只要一下雪它们就有可能什么都吃不到。这天早上大卫一起来就觉得自己应该去理发了,他先是看了一下日历,然后去了卫生间,他看着镜子里的自己,从时间上讲真的可以了,一转眼,三个月过去了。

洗脸的时候,大卫听到隔壁有人在说话,但听不清他们叽叽歪歪都在说些什么。隔壁的年轻人刚刚把房子装好,准备结婚。有时候,大卫在走廊里碰见这个年轻人还会说几句话,知道他以前是省队踢足球的,现在是少体校的教练。大卫家卫生间的隔壁就是那个年轻人家的卫生间。

大卫又在镜子里看自己,镜子里的自己正在用手弄自己的头发,大卫的头发现在可真是太长了。"差不多够十八厘米了。"大卫对自己说。三个月头发会长这么长,真是让人想不到。

"狼尾头好看不好看?"大卫马上给女友打了个电话,他有什么事情都喜欢跟女友说说。

"我想起来了。"大卫的女朋友却来了这么一句。

"我跟你说狼尾头,你却说你想起来了,你想起什么来了?"

大卫说自己头发的长度现在正好可以留这种狼尾头。

"我想起来了,到今天正好三个月。"大卫的女友说。

"中午一起吃饭吧。"大卫说,"咱们去吃包子。"

大卫的女友说这个主意很好,她也想吃包子了,再来个芝士烤榴梿。上次,那个放在长形盘子里的芝士烤榴梿端上来的时候差点烫了大卫女友的嘴,她是太爱吃那道菜了。大卫的女友问大卫现在在做什么。"在洗脸,待会儿就去理发。"大卫说。这时候,隔壁的年轻人好像在那边打起来了,挺激烈的,弄出了好大的动静,这把大卫吓了一跳。大卫关了手机,仔细听听,那边又不太像是干架。女的在叫,男的在喘。这时候一架飞机正从大卫他们小区的上空飞过,好一阵轰隆隆轰隆隆。

"中午你就到卷毛那儿去找我,做狼尾头我看用不了多长时间。"大卫对女友说。

大卫穿上他的皮夹克,天还没怎么热,这几天他就一直穿着那件皮夹克,他喜欢那件皮夹克。大卫下楼,去车库,把车开出小区,再然后,大卫就坐在了理发店的椅子上。大卫希望这时候理发店别有那么多人,想不到真还是这样,小理发店里没有一个人,当然除了理发师卷毛。大卫进来的时候那个卷毛正在扫地,把刚才顾客理发时留下的头发一点一点扫到一起,然后把下边有一个大铁盘的理发椅子抬了起来,把碎头发一下子都扫到大铁盘的下边。卷毛的两个年轻徒弟最近都走了,一个去别的地方开了个小发廊,一个每天早上在花园门口卖一种叫"金针"的干货。

"好家伙。"大卫进来的时候卷毛叫了一声,像是挺吃惊。

"你叫什么?"大卫说,"你还没见过头发长的人吗?"

"我还以为你去别的地方理了。"卷毛说。

"没人会理一次发换一个师傅,头发让谁理都是一辈子的事。"大卫说,"起码男人都这样。"

"你的事我都听说了。"卷毛说。

"现在好人不多。"大卫说。

大卫看着卷毛,他们的关系很铁。大卫发现理发椅背后的窗台那边的小桌子上出现了一台打印机,被一块白布蒙着,大卫不知道理发店要一台打印机做什么。窗台上还养着两盆多肉,又小又碎。另外的那个窗台上也养着两盆,也是又小又碎。

"那件事完了没?"卷毛问大卫。

"说清楚点儿,哪件事?"大卫当然知道卷毛是在问哪件事。

"还会有哪件事?"卷毛说,"医院可真是太离谱了,没有他们那么离谱的。"

"谁碰上这种事谁都算倒霉。"大卫坐下了,卷毛让他再重新坐一下,坐到旁边的另一把椅子上。卷毛一边张罗一边对大卫说:"其实人们都知道你那么做没错,太开心了,你真是没一点儿错。"

"医院太坏了,他们根本就不想赔偿。"大卫说。

"那不行,那个死人与你们又没有任何关系。这全是医院的错。"理发师说。

大卫对卷毛说医院那边之所以直到现在还没赔偿,完全是因为那个死人是个孤寡老人,医院说根本就找不到她有什么亲人,她就一个人,她以前是毛纺厂的女工,但那个厂子早就不在了。

"要是她有一大笔遗产或者几套房子,你看看她会不会有亲人,到时候会有数不清的人说自己是她的亲戚,就这么回事,问题是她肯定没有钱。"卷毛说。

"所以找不到人就得让他们医院出,一分也不能少,这是医院的责任。"大卫说医院还想把这事往那个小护士身上推,说是那个小护士打错了电话,把事情搞成了这样。"但问题是,"大卫说,"那个小护士现在也不知去了哪儿,谁也不知道她去了哪儿。医院说那个小护士是临时工,所以有许多事不归医院管。"

"那个院长让我们去找那个小护士,你说这能不能说通?"大卫说。

"你一点错都没有,错都在医院,那家医院真是太坏了。"卷毛说。

"是啊,医院那边的话根本就说不通!自相矛盾,乱七八糟!"大卫说。

卷毛站在大卫的身后,用两只大手扶住大卫的头这边看看,那边看看。

"是不是太长了?"大卫看着镜子里的自己,抓了一下自己的头发。

"可不。"卷毛也用手抓了抓大卫的头发,这里抓抓,那里抓抓。

"留狼尾头够不够长,后边?"大卫说。

卷毛又在大卫的头发上抓了一下,这次是抓后边,抓住,松开,又抓住。

"太好了,狼尾头这个想法真不错。"卷毛儿说。

大卫又抬起手抓了一下自己后脑勺上的头发。

"你说狼尾头真好吗?"

"好，当然好，这地方，还有这地方，再上点锡纸烫。"卷毛用手指在大卫头上点了点。

"三个月没理过，想不到可以留狼尾头。"大卫说，"这也算是收获。"

"你的事网上都有了，你知道不知道人们都站在你这边？"卷毛说。

"因为医院实在是不像话！"大卫说。

"你那么做真是太让人开心了。"卷毛突然忍不住笑了起来，那事让人很开心。

大卫从镜子里看着卷毛，知道他又要说什么了。

"我要是你也会那么做，那医院真是坏透了。"卷毛说。

"留狼尾头的人感觉就像是战斗机。"大卫说。

"是那种感觉。"卷毛说，"你就是战斗机，你太牛了。"

大卫知道卷毛在说什么，自己的事现在是几乎每个人都知道了，那真是一件让人们觉得很开心的事。

"医院既然那么说，你说我能不把那个盒子从地里挖出来吗？"大卫说。

"那必须的，那又不是埋她的地方。"卷毛说，"那片地又不是白给的。"

"光那块地就十万。"大卫说。

"十万不算贵。"卷毛说。

"医院既然那么说，你说我能不把骨灰从那个盒子里倒出来吗？"大卫说。

"那必须,那种盒子也不便宜。"卷毛说。

"一万多,光一个盒子就一万多。"

大卫一说这个就来气:"比如那盒子就是房子,我妈还没住进去就让那个谁也不知道是个谁的人先进去住了几天,好在那些骨灰都放在一个袋子里,提出来就行。"

"你就把它从盒子里提出来了?"卷毛说。

"那当然了。"大卫说。

"做得对,你又不认识她,这事得让医院去负责。"卷毛说。

卷毛把一只手放在大卫的肩膀上,从镜子里看着大卫。

"其实这都怨那个院长。"大卫说。

卷毛的脸上泛着红光,他希望听大卫的讲述。

"是不是你直接就提着那东西去了,也没人拦你?"卷毛说。

"我推开门就进去,然后我再使劲把门带上,那个院长的办公室里当时还有两个人。"大卫说。

卷毛把另一只手也放在大卫的肩膀上,他从镜子里看大卫。

"讲啊,别停。"卷毛说。

"就这么回事。"大卫说,"他们根本就没想到那个袋子里放的是那个人的骨灰,是我对他们说了,我说那个人就在这个袋子里,我把她给你们送来了,你们好好处理吧。就是这么回事。那个院长马上就跳了起来,倒吸了一口气大声对我说:'你开什么玩笑!'"

"'这地方是你随便开玩笑的地方吗?你是不是想跟保安谈谈什么?你是不是想跟保安谈谈什么?你是不是想让保安马上过来?'医

院院长其实也不知道自己在说什么？他也烦透了,他忽然把胳膊抬起来对大卫大声说,'你给我出去,从这里马上滚出去。'

"'这是院长办公室！你以为是什么地方,提上东西马上滚！'院长又大声说了一句。"

医院院长忽然有点岔气,大卫都能听到他喉咙里"咝咝"的声音。也是院长的这句话激怒了大卫,这么一来,故事就到了高潮,或者可以说是一种结束,但实际上这件事到现在还没有结束。所以只能说是事情发展到这个时候突然出现了一个令人十分激动的画面,画面的细节是:一些灰黑色的东西突然被大卫从袋子里一下子冲着院长抖搂了出来,院长的办公桌上马上腾起了一片接近小型沙尘暴的灰雾,那是袋子里的骨灰,它们都被大卫抖搂到了院长的办公桌上,办公桌上是一个大玻璃烟灰缸,院长居然抽烟,还有一个大玻璃茶杯,还有一左一右各一摞的文件,还有一个大海螺,是院长去年夏天从海边带回来的,还有几个琥珀色的空瓶子,里边不知道放着什么液体,桌上还有个眼镜盒子,还有手机,还有四五支笔。

"前后就这些,完了。"大卫笑着对卷毛说。

"真好。"卷毛说。

"但这事没完。"大卫又说。

"对,当然没完。"卷毛说。

"肯定没完,我们的钱也不是刮风逮的。"大卫说。

"说得对。"卷毛说。

"下一辈子我不想做人了。"大卫说。

"对。"卷毛说。

"下一辈子我做一只大鸟,可以到处飞。"大卫说。

"你应该做一头狼才对!"卷毛说。

卷毛突然又笑了起来,他把双手从大卫的肩膀上拿开,他准备给大卫理他的狼尾头了。

户外活动者

乔志是个户外活动爱好者,这么说也许不对,应该说乔志是个户外活动专家,他一年四季除了在外边活动几乎什么也不做,而且,乔志的朋友们都说乔志是个连家都不想要的人,他希望自己永远生活在路上或永远生活在户外。所以直到现在,人们都不知道乔志在什么地方。

乔志和安小兰就是在户外认识的,在去西藏的路上,他们合住在了一个帐篷里,那天下了很大的雪,这样会暖和些,也安全些,后来他们就结婚了。然后就有了小乔志,小乔志出生后乔志在家里足足待了有四年多,在这四年的时光里乔志胖了,除了种那种白色的蝴蝶兰和他的儿子小乔志玩儿他没有任何事做,他说自己实在不能再这样待下去了,外边的世界在呼唤他,然后他就背起他的行囊离开了安小兰和小乔志。从那天开始安小兰和小乔志就没有见过乔志,小乔志现在都已经七岁了。安小兰总是对小乔志说他的爸爸去了一个很远的国家,那个国家远在天边,想回来一趟可真是不容易,而实际上这都是安小兰一个人在那里自说自话,小乔志对爸爸没有太多的印象,也许只有当别人问起他他才会记起"爸爸"这个词。安小兰会经常在网络上得到乔志的一些消息,安小兰也是个户外活动爱好者,她在家里的墙上贴了好几张很大的世界地图,地图上用红蓝笔标出了乔志行走的线路。其实安小兰的心一直跟着乔志在户外活动,乔志去了什么地方,安小兰就会找大量资料和图片来看那个地方,比如那地方的海拔有多高,有什么样的山峰和河流以及那里的气温是多少,到了晚上,安小兰还会想乔志的帐篷搭得好不好,最好不要有那种体态庞大的棕熊出现,也最好不要有大蟒蛇出现。安小兰经常担心乔志的手机没有及时充上电或者他那可怜的笔记本没能接收到信号,这些东西对乔志来说太重要了。如果能和乔志联络上,她总是第一时间就提醒乔志把手机赶紧充好电,把笔记本的电也一定要充一下。她知道乔志一直都在拍照片和写游记,哪怕睡得再晚也会把这一天的事记下来,这真是一个好习惯,安小兰知道若干年以后乔志也许要出许多本书,到那时候他们也许会挣到不少钱,但乔志说这不重要,重要的是他走过了,并且记下了。乔志说在外边他最担心的是自己的脚,他这么说的时候安小兰心里很不好受,她是多么希望乔志说他最担心的是她和小乔志。乔志说他的脚上次下山的时候崴了一下,现在走起路来总是有那么一点力不从心,而且右脚的前脚掌上长了鸡眼,鸡眼可真是户外活动的死敌,安小兰还知道乔志的左脚后跟的地方有一个鸡眼,那个鸡眼也真够讨厌的,怎么去也去不掉。有一阵子乔志不知道听谁说芹菜的叶子可以去掉脚上的鸡眼,那时候乔志总是用芹菜叶子搓他的脚后跟,一边看电视一边搓,一边玩电脑一边搓,所以有一阵子乔志的脚后跟是碧绿的,手指甲也是绿的,但那个鸡眼一直跟着乔志。乔志很喜欢用热水泡脚,这是可以让脚很快恢复过来的最好办法,但乔志现在十天半个月也许都不能泡一次脚。安小兰总是把乔志的照片拿给他儿子小乔志看,也总是把小乔志的照片传给乔志看,这也许是让他们父子两人保持联系的最好办法。安小兰很喜欢乔志身上的那种味道,但她现在有点想不起来那是一种什么味道了,那也许是一种和芹菜差不多的味道,这真是很好笑,乔志的味道是芹菜叶子的味道吗?那肯定不是,但安小兰现在只要是一闻到芹菜的味道就会想起乔志,安小兰想把乔志身上的那种味道想清楚,却越想越不清楚了,安小兰觉得自己快受不了了,她希望乔志能尽快回来。

"再不回来你儿子都快要把你忘了。"安小兰对乔志说。

"他就算把我忘了也不会是别人的儿子。"乔志说。

安小兰甚至想,等小乔志长大以后也许他们会三口一起去户外旅行,到那时他们就不分开了。安小兰和乔志在这方面是一致的,乔志希望自己以后最好不要定居下来,最好要有一辆房车,安小兰也认为这是一个很不错的打算,有一阵子,安小兰就总是在电脑上看有关房车的信息,房车太吸引她了。她和乔志的房车不要太大,有一间卧室就足够了,当然还要有厨房和洗手间,其实洗手间主要是用来洗澡的。等有了房车之后,安小兰和乔志会开着车去各种地方。房车上还要养一两盆花,那种红色的天竺葵就很好,还要有一条小狗。那一阵子,安小兰已经沉浸其中了,她想象乔志开车而她躺在那里睡觉的场景,她可以眯着眼看车窗外的蓝天和树,而乔志认为除了有房车,更重要的是要有一杆枪。枪对户外活动可是太重要了。

"我太爱枪了。"乔志对安小兰说。

"我还比不上枪吗?"安小兰那次是认真的,一下子就生起气来。

"你怎么非要和枪比?"乔志看着安小兰。

其实后来安小兰也觉得自己那么说话是古怪,但那次她是认了真,认真到转不过弯来了,转不过弯来就只好争吵。那时候她怀着小乔志已经有六个月了,不知道为什么,安小兰觉得自己特别委屈,现在想想都好笑,自己居然因为怀了小乔志而觉得委屈。现在安小兰也会因为小乔志而觉得委屈,好像小乔志只是自己一个人的,与乔志没有一点点关系。

"乔志你赶快回来!"安小兰对远在天边的乔志说。

乔志经常和安小兰说起的是他父亲的双筒猎枪。那杆枪就挂在乔志小时候住的那间屋的墙上,还有望远镜,还有皮夹克。乔志说起他的父亲,有一年冬天从外边回来,把扛在肩上用麻袋包着的东西"扑通"一下子放在了地上。那天乔志已经躺下了,但乔志闻到了血腥的气味,他猜对了,父亲扛回来的麻袋包里是一只狍子。从那时候起乔志就喜欢上枪了,乔志太希望自己有一杆枪了。安小兰甚至想,等到乔志过生日的时候自己也许会送给乔志一杆枪,但这只能是一种想象,现在国家不允许任何人拥有枪支。安小兰又想,过生日的时候自己去找人做一个和真枪一模一样的蛋糕送给乔志,那将是一件多么开心的事。安小兰为自己的这种想象激动起来，她坐在那里笑了又笑，那时候小乔志还没有出生。小乔志出生的时候，乔志和安小兰的朋友们都来了，他们的朋友都是一些户外运动爱好者，他们给乔志和安小兰送来了各种各样的礼物，其中最特殊的礼物就是朱天雷送的一个盒子。那是一个很大的盒子，谁也不知道那么大一个盒子里会是什么，人们最后把那个盒子打开，发现里边居然是一个骆驼的头骨，那头骨真是白净。那时候，人们都热衷于读三毛的东西，三毛的荷西就给三毛送过一件这样的东西。人们都知道朱天雷的骆驼头骨是从沙漠带回来的，那么大一个盒子，一次次地上飞机可真是不容易。后来乔志给那个骆驼头骨做了一个架子，现在那骆驼头骨就放在乔志的书架上，安小兰有时候望着它，就觉得它肯定会有许多故事，要知道它原来是一头活生生的骆驼，它知道在沙漠上怎么行走、怎么找水喝，但它现在只剩下白厉厉的骨头。户外活动者们都会有许多关于户外的故事，聚会的时候，他们总是会一边喝酒一边交流这些故事。安小兰知道乔志一定收集了许多故事，安小兰也知道乔志自己也创造了许多这种故事。安小兰太爱乔志了，即使是乔志在外边，安小兰也总是记着乔志的生日，到他生日那天，安小兰会把朋友们都请来，就像他在一样，这很重要，这意味着人们没有忘记他。有几次，安小兰吃着乔志的生日蛋糕流下泪来，其实这泪不是为乔志流的，而是为了乔志的儿子小乔志。小乔志的生日马上也要到了。安小兰最怕小乔志问的一句话就是：

"我爸爸呢？那个老乔志。"

安小兰会发短信或用其他方式问乔志："今天是什么日子？"

而乔志总是记不住这是个什么日子。

"乔志,你这个浑蛋!除了户外活动你还记着什么?"安小兰会把这样的信息发给乔志。

有一次安小兰和乔志互发短信的时候乔志说他正在河里捉一条虹鳟鱼,那是一条很大的虹鳟鱼,太大了,尾巴就像小号的军用铁锹,已经游过来了。乔志还说自己有很长时间没有吃到一点高蛋白的东西了,他需要这条虹鳟鱼。接下来,乔志那边就没了信息,安小兰可以想象乔志根本就没有捕到那条很大的虹鳟鱼,那不是一个人能干的事。安小兰还想那条虹鳟鱼到底能有多大,要知道一个人要想徒手抓住一条大鱼不是一件容易的事,最好能把手指一下子伸到鱼的鳃里,死死塞进去还不能被鱼的锋利的牙齿弄伤。安小兰总是忘不了这件事,有时候吃鱼的时候还会想起这件事,户外活动真是一件很辛苦的事。

在最近一次发短信的时候,安小兰对乔志说,你儿子的生日到了。

安小兰没把小乔志生病的消息告诉乔志,小乔志的角膜要换,这很让安小兰揪心,因为这不单单是钱的事,而是关系到小乔志能不能再睁开眼看清这个世界。安小兰不希望小乔志的眼睛彻底失明,大夫也安慰她说现在换角膜不是一件难事,不要为这件事太担心。安小兰现在很难把自己的注意力集中起来,但她忘不了给小乔志订生日蛋糕,给她和乔志的朋友一一打电话。安小兰和乔志的朋友大多也都是户外活动爱好者,他们心目中的偶像就是乔志,他们之中的任何一个人都没有乔志走得远。这不单单是因为乔志那年上了某个地理杂志的封面,而且乔志上到了乞力马扎罗山的最高点,他是他们这些驴友里唯一登上这座非洲雪山的人,乔志说他只差看到那只被风干的豹子啦。

"问题是,那头豹子上到那么高的地方做什么?"安小兰问乔志,"它也是去登山吗?"

乔志说那头豹子上到那么高的地方无论去做什么都是英雄。

其实安小兰和乔志都知道那头豹子也许压根就没有存在过,只不过是海明威自己想出来的,但安小兰和乔志都十分喜欢海明威这么写,这真是神来之笔。乔志从乞力马扎罗的山上给安小兰带回来两粒樱桃大小的石头,那可是真正的最普通不过的灰黑色的石头,很粗粝,一点都不漂亮,但乔志让首饰匠用它给安小兰做了一副耳环,有时候安小兰会戴它,许多不熟悉安小兰的人会奇怪她怎么戴一副这样的耳环,但安小兰从来都不会对他们解释什么。安小兰觉得自己这辈子是不可能登上乞力马扎罗山的,但乞力马扎罗山最高点的两块石头就被自己戴在耳朵上。只要一戴上这副耳环,安小兰就觉得耳边充满了高山之巅的风声,那风是多么的猛烈和寒冷。这么一来,安小兰就好像是和乔志一块登上了那座非洲传奇的雪山。

小乔志的生日来到了,只有在这样的日子里,安小兰才会戴上那副耳环。

安小兰已经和她的朋友商量好了,小乔志的生日要去外边过,那完全是一次户外活动,人人都要带上帐篷。这是一次短暂的户外活动,所以他们不可能走远,安小兰选择了离城市不远的缸底山,那地方有不少松树,那些松树远远看去是黑的。朋友们开着车来了,先在安小兰这里集聚了一下,然后又开着车去了缸底山,从安小兰住的城市到缸底山有很好的公路,所以又可以说他们这次去只是为了玩儿,人们总是找各种借口给自己玩儿的机会,虽然安小兰的那些朋友谁都不说乔志的事,但他们都给小乔志带来了礼物。那也不过是各种的儿童玩具,当然还有蛋糕,蛋糕是三层的,上边铺满了各种水果,这种水果蛋糕现在很时兴。安小兰的朋友们都过来了,当然这些朋友也是乔志的朋友。朱天雷来得最晚,他的车上放着一个十分大的礼品盒,那盒子实在是太大了吧,上边装饰着各种颜色的彩带,所以人们一看就明白那是一件生日礼物,但人们不知道里边放着什么。安小兰希望那是一辆山地车,虽然小乔志还不到骑车的年龄。朋友们都知道朱天雷现在是做什么的,虽然有人不喜欢他做的那些事,他的行为艺术有些过火,有时候会让人感到十分恶心。还是去年夏天的时候,他让自己沉到水里,只在水面上露出他的那张脸,水面上漂满了死鱼,那些鱼都发臭了,他就那么在水里待着,后来他染上了一种皮肤病,好像是过了好长时间还没见好。安小兰的朋友们开的七八辆车一起出发了,其实车还没有开动他们就已经激动了起来,他们已经好长时间没有在外边搭帐篷了,他们要在缸底山先把帐篷搭起来,他们有各种户外活动的专用品,包括防雨灯还有防水垫,但他们希望不要遇到雨。他们还带了金属烤箱,他们要烤肉串,在户外活动最好吃烧烤,这比什么都来得方便,当然还有方便面,这是少不了的。缸底山之所以叫缸底山,是因为它真像个缸底,而且还有一条小河。当年安小兰和乔志来过这里,他们在这里住了一夜,那天晚上他们听到了鹁鸪的叫声,而且一直在叫。

  安小兰他们是早上七点多出发的,所以中午饭之前他们就到了。

因为是要给小乔志过生日,主厨当然是安小兰。安小兰是个手脚很利索的女人,她做什么都心里有数,酒和放在盒子里的各种凉菜她都一一弄好,安小兰为了这次活动把乔志从土耳其带回来的那个很大很大的坐毯带了来,那张大毯子打开来的时候有人惊叫了起来。

"足够了。"安小兰说,"坐得下了。多么漂亮。"这时候,小乔志已经开始拆他的礼物。人们忙着别的事的时候,朱天雷和几个人把他那个巨大的礼品箱从车上弄了下来放在了土耳其坐毯的中央。这时候天上起云了,这就让人有些担心,担心忽然下起雨怎么办,好在人们都带着雨具。人们都围坐在了那里,朱天雷让人们都坐下,其实人们这时候已经开始喝酒,你一杯我一杯地倒上了酒,烤好的肉串被安小兰放在一个金属盘子里时还"呲呲"作响。这时候朱天雷开始打开他那个巨大的礼品盒子,外边花花绿绿的彩色纸去掉后,人们才发现里边不过是个木头箱子,三合板的那种。说它是个木头箱子,还不如说它是个小柜子,因为它有个门。安小兰虽然没说话,但她知道那里边肯定是辆山地自行车,因为再过几年,小乔志就能骑山地车了,他需要这么一辆车。但周围的人突然都不出声了,而且马上有人尖叫起来,因为在那个箱子打开的一刹那间,一切都出乎人们的意料,一个人从里边一下子钻了出来。安小兰在那一刹那间几乎是被吓了一跳,里边怎么会有个人。紧接着,安小兰真的尖叫了起来,她看到了乔志,活生生的乔志,又黑又瘦的乔志,他从箱子里边钻了出来,安小兰真是有些受不住了,她看看旁边的人,那些人都有些模模糊糊,因为她的眼里瞬间都是泪水。

"过来呀,过来呀,过来呀!"朱天雷对安小兰说。

"过来呀,过来呀,过来呀!"朱天雷对小乔志说。

安小兰没有过去,倒是乔志大步大步过来了,又黑又瘦的乔志,大步大步过来了,眼睛是那么亮。他一把搂住了安小兰,安小兰觉得自己要窒息了,要喘不过气来了,要支持不住了,她挣了一下,乔志又把小乔志抱了起来,但他的另一只手伸过来,停在了安小兰的耳边,他摸了一下安小兰的耳环。

"乞力马扎罗。"

乔志又摸了一下安小兰的耳环。

"乞力马扎罗。"

安小兰觉得自己要窒息了,要喘不过气来了,要支持不住了。

河南街

怎么说呢？这个北方的小城里不但有条"温州街"，还有条"深圳街"，但最热闹的还要数这条"河南街"。在"河南街"上做生意的人大多是从河南那边过来的，街不宽，两边都是各种各样的铺子，当然也有小饭馆，据说河南烩面数这里做得好，所以不少人还专门跑到这地方来吃烩面，所以紧挨着烩面馆的那个粮店生意也就跟着好了起来。怎么说呢？人们都说河南是出麦子的地方，所以这里的白面就比别处的好。人们以前买粮食，须去国营粮店，现在国营粮店没了，但在街上走走，不用发愁找不到卖粮的地方。国营的大粮店没了，但私人开的小粮铺多了起来。如果你去买大米，可以一家一家比过来，不单单是价格，米的好坏也有很大的区别，白或不白原来并不是评判米的好坏标准,须看它晶莹不晶莹,这样一说,倒好像是在买宝石了。大米虽不是宝石,但它比宝石重要,人不吃饭不行,宝石呢,你没它未必就会死。买米的人,若是上岁数的,都喜欢一家一家地比过来,抓一点米放手里,老眼觑着比来比去。这在以前就办不到,以前你粮店里非得有熟人不行,好米来了,他会悄悄跑到你家告诉你今天有好米。你去了,他会不动声色把好一点的米搬一袋出来倒在米箱里。粮店的样子现在许多人都不大清楚了,一进门,首先是一个一个的木头粮柜,粮食就都在这木制的粮柜里放着。玉米面一个柜,白面一个柜,大米一个柜,高粱面又一个柜,小米,当然也要一个柜。当年还供应豆类,每人每月一两斤,多不了,黑豆、小豆、梅豆或绿豆,随便你喜欢买哪种。豆子又得各要一个柜。柜子后边就是面袋,都码得很高,直顶到房梁。白面码白面的,玉米面码玉米面的,大米码大米的,还有就是挂面,也一摞一摞码在那里。起码直到20世纪80年代末,所有的家庭要吃饭就得去粮店买粮,家里要备有许多种面袋,放白面的,放大米的,放小米的,放玉米面的,放豆面的,大袋儿小袋儿各有各的用,也一定不能乱。当时每月供应多少白面、大米或粗粮都是有规定的,买白面的时候,你可以买挂面,买了挂面你就别想再买白面,就供应那么多。但你这个月没全部买完,粮店的人会给你存起来,想买的时候再说。会过日子的人家,月月从嘴里抠出些细粮存起来,这样过年家里来客人不至于拿不出白米白面。粮店内部最特殊的地方应该是那几个从房顶吊下来的铁皮大漏斗,你把空面袋对着铁皮漏斗用手撑好了,负责称粮的就会把粮食从铁皮大漏斗给你倒在粮食口袋里。放粮食的木柜到了晚上要打印子,一块大方木板,上边刻着字,在面柜的面上一个挨着一个地打印子,这样一来,值夜班的人就没法打面柜子里粮食的念头,你要是去偷面,那面上的印子一乱,马上就会被发现。那块打印子的木板一定要锁在一个地方,一般人拿不到手的地方。究竟谁在保管那个印模子?不得而知。粮店还卖一种粮,就是土粮。土粮是从粮店地上扫起来的那种白不白、灰不灰的粮食,也许里边什么都会有,白面、玉米面、小米、大米什么的,这种粮食也不是一般人都能买到,必须是熟人。土粮买回去做什么?虽被踩来踩去,但买回去还是一个字,吃!那时候人们的肚子真大,肠子也粗,总是不够吃。

这条街紧靠着公园,原先的名字其实是"花园北街",因为从公园的北门一出来就是这条街。如果从西往东看,是一家挨着一家的小吃店和各种小商店,从西边开始数,先是一个五金杂货店,店里什么都有,扫帚、拖把、大大小小的塑料桶、各种的塑料袋子、种种的刷子、碗筷和绳子、钉子螺丝、水管龙头、尺子油漆,等等,你数都数不过来。这个店本来不大,却还要住人,说是住人,只要晚上能睡一下就行,老板在离屋顶一米多的地方搭了板子,晚上睡觉就爬上去,下边是架子,架子上是各种的货,要取什么,得弯下腰。这样的小店,看上去乱,其实主人心里有数,你要什么,只要说一声,那个年轻的小老板即刻就会给你拿出来,谁家的水龙头坏了,急得不行,跑来了,说要多大口径的,家里正在"哗啦哗啦"跑水呢!那个年轻的小老板说别急别急,转眼已经把水龙头给拿了出来。这家店,照例是河南人开的,年轻的小老板长得很漂亮,两眼闪闪发亮,为人也和气,人们只叫他"小河南"。老板的老婆虽相貌一般,但勤快,一边卖货一边看孩子,一边还要照顾炉子上的饭,快过年的时候,她居然还会做几条腊肉挂在那里,或者是一只鸡,从肚子那里劈开,用细竹棍把它再撑展,已经用盐搓过,也挂在那里,风几天再吃。这个小店真是小,但他们吃饭在这里,睡觉也在这里,早上起来的第一件事是把有些货搬到门口去——摆开,到了晚上再收回去,然后关门了,门缝里有灯光透出来,一道黄黄的打在街上。他们是忙碌着并且快乐着,倒是别人替他们有些担心,在这个小城,取暖要用煤,人们总担心他们晚上让煤烟呛着,但一切又都平安无事,一大早人家又起来了。夏天,那"小河南"打着赤膊,趿着拖鞋,冬天,也只是穿秋衣秋裤在门口刷牙,"扑扑扑扑、扑扑扑扑"刷完了,仰起脸"咕咕咕咕",再低下头"哗"地一吐,弄好这一切,再穿衣服开店。有人来了,"小河南"的嘴里还正在嚼着一个饼子,一边嚼一边问要什么,然后径直去取了出来,一边嚼嘴里的饼子一边找了零,一边说"要什么就请过来"。马上,又有人来了,这回是要买玻璃胶,买了玻璃胶犹豫着该不该买打玻璃胶用的那种枪。"小河南"递一个打玻璃胶的枪过来,说:"不用买,你拿去用就行,用完了再给我。"就这样,都解决了,日子也就这样过了下来。还要说一句的是,其实"小河南"也不小了,都三十多了。"小河南"爱吹笛子,如果是夏天,晚上热得睡不着,他会在门口吹好一阵子,有人会循声而至听他吹。下雨天,即使是白天,客人少,他也会吹,吹什么呢?《采牡丹》,是河南的歌,很好听,或者是吹《我是一个兵》,这支歌,他吹出了激昂澎湃,听他吹这支歌,不少人就会在心里想,他是不是当过兵? 还有人专门问过,结果是他没当过,早年想当,但没通过体检,因为他的平脚掌。为此,"小河南"到现在还是愤愤不平:"我走路又不比别人慢!上山也不会落在后边!平脚掌怎么啦?"问他话的人又不知该怎么安慰他,也只好把话岔开。

再说,虽然是平脚掌,但也照样生儿养女,你看你那两个闺女多好。话说到这地步就有些开玩笑的味道了,大家便都笑了起来。

这家小店旁边,是一家土产店,门面虽不大,但土产店的内容更丰富更琐碎一些,蘑菇、黄花、黄芪、木耳、紫菜、冬菜、海带、虾米,当地的那种白酒,用塑料卡子一卡子一卡子地装好码在那里,还有黄烙饼、糖干炉,别处没这两样东西,其实也就是饼子。或者是那种风干牛肉干,其实也不是本地的,还有人参,这地方出人参吗?拉倒吧!但也当作本地的土产卖。除了卖这些东西,这家小店还卖香烟,也收看烟,谁家的烟抽不了,给几个钱收回来,再加几个钱卖出去,还有烟叶,这倒更像是土产,一捆一捆地吊在墙上,还专门有人过来买这种烟叶,大多是河南老乡。开这家店的恰恰又是河南人,是姐弟俩儿,岁数都还很小,二十多岁。有时候早上开了店门,姐姐在那里扫地或者是招呼客人,弟弟还在靠窗那很窄的床上睡觉。或者是弟弟在那里招呼客人,姐姐在那里睡觉。这小店里就么一张很窄的床,人们不知道这姐弟两个怎么睡觉。也许,一个睡在这窄床上,另一个到了晚上会睡在柜台上,但柜台是玻璃的,能行吗?能翻身吗?但人们才不管行与不行,人们想过也就忘了,而这姐弟两个人的生活却一天一天地继续下去。有人不相信他们是亲姐弟,但有人出来做证了,是这姐弟的叔叔,人们才又知道,这姐弟俩原来是开包子铺那老两口的儿女,那包子铺就在西边。在这条街上做事的,大多都是河南人,大多都是互相拉扯着出来到这里来做生意,你拉我、我拉你,他们之间多少都还有些亲戚关系,互相照应着,大家出来都不容易。

这条街上原来的几家河北那边的后来也都走了,说不上是挤对,但许多的不方便都在里边。口音不对,要说的话就少,凡是做生意,都须抱团,可以互相照应,所以是老乡最好。一如这个城市澡堂里面的搓澡工,都是扬州那边的,有一个两个不是扬州的即使手艺好也干不住,干几天,或是干几个月,最后的结局总是卷铺盖走人。

  这家土产店往西走就是那个很大的超市,超市与土产店之间就是那个包子铺。包子铺门面也不大,天气暖和的时候蒸包子的炉会给搬出来放在店门口,热气腾腾的,小笼屉一码老高,门里边是一个案子,总是有人在那里不停地包包子,吃包子的人坐在更里边的几个小座儿上。这小店除了卖包子,还卖稀饭和酸辣汤,还有小菜,也就是芥菜疙瘩切的丝,齁咸,不要钱,放在一个红色的塑料盆子里,谁要谁自己去取,旁边放着一摞小碟子。包子有好几种,味道还不错,包子铺的女老板岁数不小了,她是又卖包子又打下手,剥葱、择菜、擦拭桌子、洗碗筷,她男人负责在那里又是揉面又是包。有人要包子了,她答应一声,马上就递了过来,有人打包,她亦是随手就装好,麻利得很。小笼包子是四块钱一笼,一笼六个,一般人也就够吃了,若还不饱,就再来碗粥或一碗酸辣汤,粥和汤都是一块钱,加起来不过五块钱,这顿饭很便宜,所以经常来她这里吃饭的都是学生、打工的、做小买卖的。也有老客,几乎天天来,还有那个捡瓶子的老头儿,人们都叫他陆老师。就这个陆老师,穿着还算干净,但他没戴眼镜,这就让人怀疑他是不是当过老师,在人们的印象中,老师都会戴那么个眼镜。人们都知道陆老师已经退了休,现在的工作好像就是到处捡玻璃瓶子,来了也不肯坐,要一笼小笼包子,总是吃四个,剩下的两个带回去,虽是两个包子也打包。

"算是晚上的饭。"陆老师说。

"中午那顿呢?"有人在旁边嘻嘻哈哈问。

陆老师说中午也许吃面条儿,也许吃米饭炒菜,也许吃大馒头夹猪头肉!陆老师一转身离开,就有人说话了:"还大馒头夹猪头肉!夹干巴树叶子吧!"人们都说这老头儿怎么可能是教员,教员有捡瓶子的吗?这个陆老师天天都要出来捡东西,主要是捡玻璃瓶子,都塞在一个大袋子里,塑料瓶子他不要。有时候他会跟着一个人走,那个人一边走一边喝饮料,快喝完了,陆老师会跟着一直走,是跟着瓶子走。就这个陆老师,这两天忽然不见了。

包子铺的女老板问她男人:"陆老师是不是病了?"

她男人手不停,一下一下,揪剂子,两眼却看着外边,说:"早上还看见他往西边去了。"又说,"什么陆老师,我看他根本就没当过老师,当老师的还会去捡破烂?"

女老板说:"话不能这么说吧,人们都这样叫他,都叫他陆老师。"

女老板的男人就不再说话,继续一下一下,这回是擀,擀十个二十个皮子,然后包,一下一下。好一会儿,他说:"反正我看他不像,他到处捡瓶子,要是让他的学生看到了呢?"他这么说话的时候,他老婆已经开始择韭菜,把一捆韭菜解开,抖了抖,然后择,再洗,控控水再切,这是一种馅子。弄完这个,再弄小白菜,说是小白菜,其实都是菜市收摊的时候买回来的油菜,用水泡一阵子,再择,然后再洗一遍,整棵地放在锅里焯一下,挤了水再切,这又是一种馅子。虽说是小店,但天天都要从早忙到晚,肉馅儿是晚上做好的,一大盆,都放在一个红塑料盆子里,另一个盆子是豆馅儿,还有一个盆子,里边是菜馅儿。其他馅子是用多少现拌,拌什么馅子从肉馅儿里边铲出一些一拌就是,各种馅子里边数香菇馅儿最麻烦,发香菇,切丁儿,香菇的梗子肯定不会扔掉,这就更难切,但人们还爱吃这种香菇馅儿的小笼包,从早上起他们要一直忙到晚上。

"当老师也不容易,嗓子都是哑的。"女老板择着韭菜,又说。

"我容易吗?"男的说。

"那你也没去捡瓶子。"女老板说。

"喊——你希望我去捡瓶子?"男的问。

"捡瓶子又不丢人。"女老板说,"又不是去偷。"

"喊——好人谁去捡瓶子?"男的又问。

"捡那么多瓶往哪儿放?"女老板说。

"喊——"男的这回笑了,"收破烂的可有的是地方。"

女老板也笑了。这会儿是人们刚刚吃过早饭但还没到吃中午饭的时候,虽然两口子手里不停,但他们可以说说话,到了中午客人一来,他们两口子哪有工夫说话?他们是一天忙到晚,晚上那顿饭到半夜才能吃到嘴。

"咱们的包子,他说一天不吃就想得慌。"女老板说。

"咱们的包子应该涨价了,一个一块钱才对。"男的说,"一笼六块钱也不贵。"

"陆老师两天没来了。"女老板说。

"天下又不是你一家包子铺。"男的说。

这时候电话响了,男的就顺手接了,是让中午送包子。打这种电话的是熟客,也都住在附近。男的就手记了一下,靠案板的墙上有个小本子。

这条街,怎么说呢?是要多窄有多窄。这条街虽然窄,它却可以把东边和西边的两条街连起来,抄近路的人都喜欢从这条街走,还有就是为了躲避红灯和摄像头的车辆也会从这里抄近道,所以这条街就特别拥挤,特别易堵,上班下班的时候就更挤,所以人们就都说"该出事谁都拦不住"。谁出事呢?是包子店女老板的男人。大早上,他打包好热气腾腾的包子,一共有许多包,都是那些老顾客的,他天天都得送一趟,哪家要多少个都是头天打电话说好的。虽说放在塑料食品袋里,却不能把口系上,都要敞着口,腾腾地冒着热气,要是系上口,包子就会给捂黏了,不好吃了。他把包子弄好,上了他那辆三个轮子的车,车刚开动人就飞了起来,一辆小货车从东边开过来,这时候街上还没有多少人,小货车为什么会把车一下子就打偏了呢?原来它是为了躲一个老太太,那个老太太岁数大了,走得很慢,她原是要过街对面去,但她没有停下来,径直就往对面走,那辆小车一躲她,包子铺那个忙着要出去送包子的男的就飞了起来。

这时候,怎么说呢?街上的人还不多,但人们还是听到了"嘭"的一声,看见包子铺的那个男的飞了起来,一下子落到了那辆车的前挡上,撞在玻璃上了,然后再一跌,跌到了地上。那辆送包子的三个轮子的车在原地打了一个转又停下来。车上的司机下来了,是个年轻人,他吓坏了,跑到车前边把包子铺的男人扶起来,人们都看见了血,从包子铺那个男的鼻子里、嘴角边流出来,好像连眼睛都有血,但他站起来了,一下子就站起来了,这让旁边的人都吃了一惊,他站起来后先看了一下他的送包子的车。这时候那个年轻司机从车上取来了一大卷卫生纸,他帮包子铺的那个男的擦血,包子铺那个男的脸上都是血,但还是擦干净了,虽说擦干净了,但马上又有血流了出来。旁边的人都看着包子铺的男人。

有人说:"你动动,动动,试着动动。"

包子铺的男人用手拍了拍自己的胳膊,说没事,又拍拍自己的腿,说没事,他把两只胳膊扬了扬,说没事。

有人说:"你再走几步,走几步。"

包子铺的男人走了几步,说,没事。

那个小车司机在一旁帮包子铺的男人擦脸上的血,那血慢慢不流了。

有人建议包子铺的男人洗一下,有人去"小河南"那边取盆子了,不一会儿连盆带水还有毛巾取了来,包子铺的男人就在那里把脸洗了洗。

"看看这,看看这,多危险。"旁边有人说。

包子铺的男人这时候想起他送包子的事了,他对那个站在一边发愣的司机说:"你走吧,我没事。"

那个年轻司机说:"要不去医院看看,你放心,我也放心。"

包子铺的男人又扬了扬胳膊,说:"没事,你走吧,我还要送包子去呢。"

"好家伙,你刚才飞多高。"旁边有人说话了。

"我怎么就飞起来了?"包子铺的男人说。

人们都看看包子铺这个男人送包子的车,都觉得奇怪,就是啊,这么大个人,怎么就飞起来了呢?

包子铺的男人说他没事,他要送包子去了,他的老顾客还等着吃呢。他上了他那辆送包子的车,他先走,然后那开小车的司机后走。小车司机是个好人,又紧追几步,他让包子铺的那个男的停停,说要给他留个电话:"有什么事给我打电话。"

"哪有什么事。"包子铺的男人说,"我这不是好好儿的吗?"

"叫你儿子过来替你去送一趟。"有人说话了,是熟人。

"他店里也忙。"包子铺的男人说。

"你该去医院看看。"这人又说了。

"没事没事。"包子铺的男人摆摆手。

包子铺的男人送他的包子去了,"河南街"也慢慢热闹起来。车多,人也多,天气虽然冷,但这地方就不显得那么冷,因为人多,便你挤我、我挤你,有人举着一把扫院子的那种大扫帚挤过来了,有人扛着卷成一个大卷的棉门帘挤过去了,有人扛着一大团绳子往另一边挤。有一个什么东西过来了,很大,是一个锅炉,在一辆小四轮上,这你就不知道吧,"河南街"简直是个小商品集散地,在这条街上,你几乎什么都能买到,只有卖糖葫芦的站在那里不动,糖葫芦红亮亮的,真好看。"河南街"真是热闹。这种热闹原是没法写出来的,须你自己站在那里去体会,虽然没有什么惊心动魄的事情发生,但许多人都喜欢来这种地方,即使不买什么,即使没什么热闹可看,但他们就是喜欢待在这里。这就是日子,人们的日子原都是这样过下来的。看上去热闹,而实际上平庸单调,没什么意思,就像是一条河,"哗哗哗哗"地流着,浪花飞溅,大浪加上小浪,而水下边其实很平静。

新的一天来了,天气是一天比一天冷了,"河南街"和别的地方一样,睡了一晚上,安静了一晚上,现在又在太阳下醒了过来。街两边的店铺一家挨着一家开门了,卖包子的又把炉子推到了门外,炉子上是很高一摞蒸小笼包的那种小笼屉。因为天气已经很冷了,门一开就会有大团大团的热气跟着冒出来。包子铺旁边的那家小店也开了,里边的人正在扫地,把睡了一晚上的那种可以折叠的床收了起来,收起来的床立在了门后,这样一来,店就像是大了一些。再旁边的那个店,已经有客人进去了,不知要买什么,正在和店主说话。店是一家一家都开了,时间便一点一点过去,很快就到了中午,终于有事情发生了,人们都发现,这条街最西边的那家"小河南"的五金杂货店没有一点点动静。一开始,人们在心里嘀咕,这个"小河南",怎么这么能睡?到后来,人们觉着是不是有什么事,已经中午了。再到后来,人们去敲门,门上是那种里外都可以锁的暗锁。人们又是推门又是敲门,可里边居然连一点点动静都没有,人们觉得有事了,出事了,旁边店的人,还有"小河南"的老乡,不少人都过到这边来,人们都很急。这时已经是中午了,人们决定把门打开,但这个门还真不好开,里边是那种玻璃门,玻璃门外又是一道铁门,要把门打开,须先把铁门打开才行,人们只好去找开锁匠,但"河南街"上没有开锁匠,及至找来了开锁匠,时间又过去了半个多小时。人们都紧张了,都围到这边来。人们不敢说"小河南"出事了,只说"怎么还在睡""这家伙真能睡"。有人想起"小河南"吹笛子来了,小声说:"以后恐怕听不到了。"有人突然尖叫了一声："还有孩子呢,两个孩子!"这声音很尖,却一下子又小了下去,不再出声。锁匠开锁的时候,不知是谁冲上去猛地把门敲了两下:"小河南,小河南!"但里边连一点点声音都没有。

"小河南"的五金杂货店终于给打开了,人们闪开去,又拥上去,"小河南"的店门,那铁门和里边的玻璃门都打开了,人们的心都提到了嗓子眼那里,但忽然人们都不敢进去,谁也不敢第一个进去。后来终于有人进去了,喊:

"刘金贵,刘金贵,金贵,金贵。"

但这个人很快又出来了。

人们的心又都从嗓子眼那里归了原位,因为这个人说:

"里边根本就没人。"

这个人又说:"这个死金贵,吓死人。"

人们这才知道"小河南"的名字叫"刘金贵"。

这是个很好听的名字。

人们遂慢慢散开。

"这个死金贵!"

那人又说。

"金贵——"

这人又大喊了一声,把周围的人吓了一跳。

太阳偏向西面的时候,"河南街"更热闹了,快要过年了,人们有各种的东西要买,有各种的事情要办。街对面的公园里有锣鼓声响起,是大妈舞蹈开跳的时候到了,其实她们是从早上跳到下午,再从下午跳到晚上,晚上如果不冷,她们也许会跳到更晚。她们虽然都老了,但有无穷的活力,她们的活力好像已经找不到别的去处,只能交给舞蹈。其实她们的舞蹈一点都不好看,只是那锣鼓点给这边的"河南街"凭空增添了一些喜气,人们就是在这莫名其妙的喜气中挤来挤去,一天也就这样过去。

广场上有什么

老金每天早上起来的第一件事就是把窗子和门全部打开,然后对着门窗做深呼吸,老金认为只有这样,人的身体才能健健康康。老金是老了,上楼下楼的时候右腿的关节处总是有点疼。所以有一阵子他每隔两三天才下一次楼,下去买一些菜或别的什么东西。邻居们说都是那条老狗棒子跑丢了的缘故,要是那条狗还在,老金天天都会按时下楼。人们都知道老金的那条狗养了十六年,十六年的狗应该很老了。多少年了,人们几乎是天天看见老金带着那条狗在院子里走来走去,老金还会和狗说各种各样的话,吃饭的时候老金会对老狗棒子说:"咱们吃饭吧。"晚上看完电视要睡觉的时候老金会对老狗棒子说:"咱们也该睡觉了。"在院子里走的时候,每当那条老狗抬起一条腿,把身子歪向一边,老金就会说:"这是你撒尿的地方吗?"那条老狗有时候把身子往下低,好像是要坐下来,老金会马上说:"别在这儿拉,别在这儿拉,行不行?!"老金习惯了跟狗说话,他和狗几乎无话不说。老金的妻子住在另一个城市,老金的女儿也住在另外的一个城市。都一两年了,他们之间几乎很少联系,只不过有时候会互相打打电话。这种关系多多少少有些不正常,但老金都习惯了。谁让老金是个酒鬼,有一阵子他总是酒后在家里摔东西,几乎把什么东西都摔了。后来妻子就愤然出走了,再后来女儿大学毕业也去了另一个城市。前不久,老金忽然接到了女儿打来的电话,女儿说她快要生小孩儿了,她想回来住在自己的家里,把孩子生在自己从小生活的地方,"到时候我妈也会回来"。女儿的话让老金几乎热泪盈眶。从那天之后老金开始打扫每一间屋子,他把南北两边的阳台也收拾好了,还在花盆里种上了花,虽然这个季节已经不是种花的季节,但老金希望它们快快长出来,他几乎把每个花盆里都种了花,他担心这些花到时候会开不出花来,而更让他担心的是棒子,就是那条老狗,怕它对女儿有什么不好。其实他也明白那条老狗认识女儿,这让他想起来他带着棒子在院子外的坡上等女儿放学回来的情景,那时候女儿还小,当然那条老狗也还是条小狗。而真正让老金担心的是那条老狗对自己将要出生的外孙女也许会有什么不利。他那天在电话里问自己的女儿是男孩儿还是女孩儿,女儿在电话里回答说是个女孩儿的时候老金忽然有些失望,他多么希望女儿的肚子里是个男孩,他都想好了,要是个男孩儿的话,自己也许会努力活到他长大,然后带他去钓鱼或去打猎。老金的女儿在电话里说,是不是让您失望了?老金从来都不会说谎,他对女儿说,我真希望她是个男孩儿。电话另一边的女儿忽然不吭声了。隔了好长时间,女儿才在电话里说:"我妈到时候回来照顾我的月子,也许会住两个月,也许会一直住下去。"当年,老金酒后摔东西发脾气的时候总是埋怨妻子给自己生了个女儿,老金太喜欢男孩儿了,这让他的妻子和女儿很是伤心。

"我还要再生一个,也许下一个就是男孩儿了。"女儿在电话里说。

"女孩儿和男孩儿其实都一样。"老金听见自己对电话里的女儿说。

老金去超市了,为了妻子和女儿的即将回来,他要买各种东西。他买了那种又大又扁的白颜色的豆子,他知道自己的妻子喜欢吃什么,还买了十多个红色的倭瓜,这种瓜又绵又甜。老金把买来的瓜都放在了窗台上,这是妻子的习惯,每年秋天都要买许多倭瓜,放在窗台上慢慢吃。老金又去买了一个很大的玻璃缸,那种带盖子的,可以腌泡菜的,原先的那个在一次酒后被老金摔了,那时候老金刚刚下岗,他的心情坏极了。老金准备腌一些泡菜,他知道妻子最爱吃泡菜了。泡菜里当然应该有包心菜,有红红的辣子,还要有姜片和芹菜。老金算着日子,女儿在电话里对老金说国庆节前她们就要回来,而一年一次的国庆节马上就要到了。这天晚上,老金一边看电视一边对那条老狗说:"她们都要回来啦。"老金很少一下子给老狗棒子开一袋子妙鲜包吃,老金看着棒子,抚摸着它的头,决定给它一整袋妙鲜包,老金看着它把那一整袋妙鲜包吃了。棒子真是老了,睡觉要打很响的呼噜,摇尾巴的时候总是会掉下许多毛来。老金希望自己的家是一个十分干净整洁的家,老金应该让妻子看到一个这样的家。老金看着棒子,想着这些事,突然很伤心,国庆节马上就要到了。老金终于下定了决心,这天早上,去早市之前,老金又给那老狗棒子吃了一袋对狗来说无比美味的妙鲜包,然后他们出门了。刚刚下过一场雨,到处都湿漉漉的。后来老金带着棒子来到了菜市场那边,这个菜市场是露天的,到处是新鲜的蔬菜。这个菜市场里当然还会有别的狗,狗与狗的见面礼就是互相闻,前边后边都要闻到,然后也许就会突然撕咬起来,或者会很友好。老金解开了拴在棒子脖子上的狗项圈,然后,棒子就不见了,消失了,或者也可以说是老金忽然不见了,消失了。解开狗项圈后老金就离开了菜市场,他先是回了一趟家,呆呆坐了一下,其实他也没坐多久。他忽然心慌意乱起来,然后,他急忙忙又下了楼,出了院子,穿过那条街,赶到了菜市场,那个菜市场离老金的家并不远。但棒子不见了,消失了。老金这才真正慌了起来:

"棒子,棒子,棒子,棒子——"

老金从梦中惊醒了,并能感觉到自己出了一身汗。一开始,他看到了来去匆匆的行人,因为在梦里,那些人的面目总是不太清楚。有不少人在那里卖他们的手机号,他们的手里拿着一沓卡纸,上边都是号码,他们会追着行人要他们挑选号码。还有卖那种二手手机的,人们都知道那些手机来路不明,不少是小偷偷来送到他们这里来的,现在几乎人人都在用手机。老金的身边除了卖二手手机的,还有好几个卖冷饮的,他们几乎都有一个很大的冰箱,老金始终弄不清楚他们是从哪里接的电线,但那些人总是有办法处理好这些事。因为有人在那里仰着脸放风筝,老金马上就明白自己是站在邮电局前边的广场上。这个城市,只有广场上才会聚集那么多放风筝的人。邮电局对面那个巨大的建筑因为城市改建已经挪走了一半,但另一半还灰头土脸地留在原地,这样一来会给人一种幻觉,让人觉得自己好像是身处战争年代,那个建筑只不过是被炮弹炸成了两半,一半在原地,另一半早飞到了离这一半不远的地方。这个一分两半的建筑的东边是那个虚假的城墙,从外边看那是个古老的城墙,从内部看却是空的,里边将要开不少商店。也就是这时候,老金看到了自己的那条老棒子。

"棒子,你这个老家伙!"老金叫了一声。

棒子已经蹲在了老金的跟前。

"棒子。"老金又喊了一声。

让老金吃了一惊的是棒子忽然开口说话。

"你为什么不要我了?"棒子问。

老金发现棒子的眼里满是泪水,泪汪汪的。

"谁说我不要你了?谁让你乱跑。"老金说。

"你不要我了。"棒子又泪汪汪地说。

"我没有不要你。"老金蹲下来。

老金把手伸过去:"你知道不知道我一直在找你。"

棒子的嘴张了开来,它总是这个样子,嘴张开,舌头伸出来,好像它刚刚从很远的地方跑回来一样,好像它已经累坏了一样。

"你知道不知道因为你我好几天没好好吃东西了。"老金说。

"你不要我了。"棒子又说。

"你这话别让别人听见,我什么时候不要你了?"老金说。

"你不要我了。"棒子又说。

老金看看四周,把手放在了棒子的头上,说:"你是个好男孩儿,我一直把你当作男孩儿。你记得不记得我还带你去澡堂洗过澡?"老金笑了一下,有一次他带着棒子去皮鞋厂的澡堂洗澡,把正在里边洗澡的那几个人吓了一跳,他们都急忙用毛巾把自己的下边捂得严严实实,嘻嘻哈哈说如果这条狗忽然生了气,首先要攻击的也许就是这地方。老金又笑了起来,其实老金是被自己笑醒的。这时候天当然还没亮,但也差不多了。老金在床上坐了起来,在那一刹那间老金已经想好了,他要上动物超市买一个下边有长方形盘子的狗笼子,以后就让棒子待在里边算了,不让它上来下去地跑,它也老了,待在阳台上也不会影响到谁。这样一来,老金有什么话照样能对棒子讲,老金习惯和棒子说话了,也只有棒子可以认认真真地听他说话,不管老金说什么话它都会认真听。老金明白自己真是离不开棒子这条老狗。老金说话的时候,棒子总会乖乖地蹲在那里,老金知道它听得懂,老金最懂棒子的眼神了。老金对那些老朋友说:"你要是养一条狗,一直把它养十七八年,它就是人了,和人不一样的地方就是它永远不会说话,只会听。"

老金急匆匆地起了床,没刷牙也没洗脸,他顾不上这些。

老金出了门,下了楼,出了院子,过了那条街,一直往北走,往北走。

天还没怎么亮,老金一直去了邮局那边的广场。

"也许,棒子就在那地方。"老金在心里说。

天还没亮,但已经有人在广场上活动开了,都是锻炼身体的。

"棒子——"老金喊了一声。

那几个人给吓了一跳。

"棒子——"老金又喊了一声。

有人对着这边挥了挥手:

"你喊什么?"

老金朝另一个方向去了。

"狗东西棒子,也许它饿了,这会儿正在到处找东西吃。"老金对自己说。所以,老金准备先到那几个垃圾箱看看。他看见过别的狗在垃圾箱周边找能吃的东西。老金对这些比较清楚。虽然棒子从来没有挨过饿,但这几天它肯定饿坏了。

"我知道你现在想做什么,你现在肯定是饿坏了,我太熟悉你了。"老金听见自己对自己说。老金年轻的时候特别喜欢的一件事就是打猎,但也只能打打兔子,因为在这个城市的周围也只有兔子,或者是浮在水面的野鸭子。据说老金去过有狐狸的地方,结果是一次次地去却永远看不到狐狸的影子。但即使是这样,老金也知道动物喜欢躲藏在什么地方,或者知道它们的某些特性,比如,它们在人多的地方爱往什么地方跑,或死死待在什么地方一动不动。当然,老金更熟悉棒子,知道它的每一种叫声所要表达的意思。但广场周围根本就没有棒子的影子,也没有别的什么狗的影子。

老金只看到了一只猫,在慢慢穿过广场,老金对着那只猫喊:

"棒子,棒子,棒子!"

老金失望了,广场上的人渐渐多了起来。

"棒子你在哪儿？你个狗东西，你给我出来。"老金听见自己对自己说。老金相信自己的梦不是白做的，棒子一定就在广场，老金又绕着广场走了一圈儿，一边走一边喊，只不过声音小了些。后来，老金去了紧挨着广场的那几个院子，现在叫小区的那种居民点。老金站在院子里想了想，然后他一个单元一个单元地进去出来，在这个早上，许多人都听到了有人在喊"棒子，棒子，棒子"。后来，老金忽然听到了狗叫，他兴奋了起来，是棒子在叫，分明是棒子被关了起来，好了，这下找到了。老金又大声喊，隔着那家的院门喊，里边的狗也大声叫，叫了有好一会儿。有人从院子里出来了，是个年轻人，穿着白色的短裤和白色的T恤。狗还在里边叫。老金对这个年轻人说："我的狗是不是在你们家？"年轻人说："不会吧，是我们家的狗。"年轻人把狗放了出来，是一条和棒子差不多的小狗，但毛色是黑白相间的，不是棒子。

"棒子，你个死货，你一点人性都没有。"老金咬牙切齿，小声地对自己说。老金从这个小区走了出去，朝南一直走，后来老金坐在了一家面馆里，早上来这里吃面的人很多，但老金没吃面，他吃不下去，没一点点胃口，要是棒子在，他会要一碗面，再加一个鸡蛋，他会把鸡蛋黄给棒子吃。但老金什么也没吃，他只喝了一碗面汤。多少年了，老金一直在这家面馆吃面，里里外外的人他都认识。

"没见棒子吧？"老金问服务员。

"没见。"服务员说。

"它也应该找找我，这个王八蛋。"老金觉得自己快被老棒子气死了。

从面馆出来，老金又开始喊棒子。他穿过超市旁边的那条街往回走,眼泪已经流了出来。老金是沿着学校的那道树行走的,能听到学生的朗读声,但没人能够看到老金在流泪。老金在心里开始骂自己:"你这么狠心,你这么狠心,你这么狠心。"

老金想好了,他晚上要再去一趟广场。

老金忽然掉过了身子,他听到了狗叫,狗叫声从学校里传了出来。"这个狗东西,这个狗东西,怎么跑到学校里了?"

学校的那个年轻警卫拦住了老金,问老金有什么事。老金问年轻警卫有没有见到一条狗。

"没有啊。"年轻警卫说。

老金说:"我都听见了,这不,还在叫呢。"

"这不是狗叫。"年轻警卫笑了,他认识老金,"来支烟?"

"说不定它已经跑回家了,在楼下等我呢。"老金说。

"有时候它们自己会回家。"年轻警卫说。

老金被吓了一跳,他把钥匙插进了锁孔,门却从里边一下子自己开了。老金马上就明白是怎么回事了,是妻子和女儿回来了!这简直是一件要命的事,自己怎么就忘了今天早上要去接站的事?

老金把一只脚迈进家,进门的地方,放了不少大大小小的包。

女儿挺着大肚子,手里拿着什么,看着自己。

"你跟以前没两样,你什么也记不住。"

是妻子的声音,已经从厨房那边传了过来。

"我早上四点天没亮就起来了。"老金不知道说什么好了,他想解释一下,妻子的声音并不像是想找碴儿,毕竟他们好长时间没有见面了。

妻子又在厨房里说:"起那么早,不可能是去喝酒吧?"

"我早就不喝了。"老金说。

"那你做什么去了?"妻子从厨房出来了,她像是在做什么,这时候不是做早饭的时候,但做中午饭时间还早,"你不知道你让我们在车站等了有多长时间?这么多包,你什么也记不住?你不知道你女儿挺这么大个肚子?你跟以前有什么两样?那个司机人很好,好在我们碰到了一个好司机。"

女儿看着老金:"我爸就这样,昨天晚上您又喝了吧?"

"跟你说我现在不喝了!"老金有点急了。

"那你这么早去哪儿啦?"老金的妻子问。

"我去广场了。"老金说。

"锻炼身体?"老金的妻子看着老金。

"相信我,我肯定是不喝酒了。"老金说。

"看得出你把家收拾了一下。"老金的妻子说。

老金说:"还有阳台呢,也收拾过了。"

"你擦的玻璃?"老金的妻子问。

"是。"老金说。

"你还买了把新椅子?"老金的妻子问。

老金知道妻子说的是哪把椅子了。

"那是我抓奖抓的。"老金说上次买了两箱牛奶就抓到了那把椅子。

"现在这个家像个家了。"老金的妻子说。

"我也老了。"老金说。

"你怎么了,眼睛这么红?"老金的妻子问。

其实老金的妻子不该问这句话,因为她不知道棒子的事,也不知道老金为什么会一大早去广场。

老金忽然像小孩子一样哭了起来,一边哭一边说棒子的事,但老金很快就不哭了,因为女儿说她马上去一下广场,去找棒子。女儿开始换鞋,并说棒子是和自己一起玩大的,上初中一年级棒子就每天在院子门口等自己下学。这次回来,她给老棒子带回两桶狗罐头,给老棒子买了四只狗鞋,还给棒子买了一块可以啃着玩的狗骨头,还有……

老金的女儿不再说话,她停下来,因为老金再次发出了哭声。

"它不在广场,广场上什么也没有。"老金说。

"广场上什么也没有。"老金又说。

老金的妻子凑过来,闻了一下。

"你爸爸还真没喝酒。"老金妻子说。

"我们不会再吵架了。"老金妻子又说。

"棒子不在广场。"老金说,"它不在广场。"

"最重要的是我和你女儿回来了。那些倭瓜不错,看颜色就不错。"老金的妻子说,"这可能是最好的倭瓜了。"

午夜辞典

怎么说呢,其实爱上一个人往往是一件极其偶然的事,谢莉对罗建平说,要不是罗建平送她的那条玛瑙手串她肯定不会喜欢上特洛,特洛,那小老外就叫特洛。罗建平送谢莉的那条手串从颜色上讲真像是一颗一颗的樱桃,但戴在谢莉的手腕上有点松。那次可好,她去卫生间洗手,只把手甩了一下,"哗啦"一下子,手串就从她手上散开掉了下去,那时她已经离了婚,是在她自己的家。她在家里请朋友们吃比萨,那天她做了很多比萨。特洛也跟上来了,特洛是美国人,个子没人们想象的那么高。她蹲在地上找珠子的时候特洛也跟着进来了,他也蹲下来帮她找,大颗的珠子都找到了,一共是十八颗,好在珠子没摔坏,每一颗都很好,但那种黑色的小隔珠就少了一颗。谢莉把卫生间的地扫了又扫,明白那粒小的隔珠是掉到洗脸池通往楼下的水管缝隙里去了,谢莉觉得这没什么,她可以去再配一粒,这种隔珠到处都有。但接下来很让谢莉感动的是,特洛去了楼下,把楼下卫生间的天花板一块一块拆了下来。这真是让谢莉感动,但她又觉得这真是有点小题大做,为了那么一颗小隔珠,特洛几乎把下边卫生间的天花板全部拆了下来,那一小粒隔珠还真是掉在了那里,还真给找到了。第二天,特洛又帮她把天花板一块一块地安好。罗建平曾经经常去谢莉那里,有时候会在谢莉家住一晚上,白天再离开。后来谢莉去了美国,跟了那个比她小四岁的特洛。

临走的时候,谢莉对罗建平说:"看着这手串我就永远忘不了你。"

罗建平送谢莉的手串就戴在谢莉的手腕上。

"有些人真是好狠心。"罗建平说。

"你会为了一颗小珠子把整个天花板都拆下来吗?"谢莉对罗建平说。

"问题不在这里。"罗建平说。

"我当然知道问题不在这里。"谢莉说。

罗建平的女儿那年已经七岁了。

"我也不会让你那么做。"谢莉说。

罗建平明白谢莉的意思,谢莉也明白罗建平的意思。这就好,他们都需要对方,他们在一起的感觉好极了,所以他们是好朋友。

谢莉对罗建平说,她只要是和罗建平在一起,就总觉得罗建平是女人而自己是个男人,谢莉这么一说,罗建平就会忍不住大笑。罗建平认为谢莉的这个归宿不错,嫁了比她小四岁的特洛去了美国。那时候,出国是一件令人向往的事。

谢莉打来电话的时候,罗建平正在一所大学里开会。那所大学的校园里有一个很大的池塘,池塘中央还有假山什么的。那假山可不能说是假山,它简直就是一座很高的真山,人们可以爬到上边去锻炼身体,上边种了不少树。那时候池塘里边荷花正在盛开,罗建平他们的会要开三天,晚上就住在学校的宾馆里,他们每天吃完晚饭后都可以在荷塘边散散步。宾馆还有台球室,但总是有年轻人在那里打台球,而且打个没完没了。罗建平想不到谢莉会打来电话,这简直让他吓了一跳,这对罗建平来说太突然了,他还以为谢莉永远不会再回来了,他差不多都快要把谢莉给忘掉了。这都快十年了,时间过得很快,这是一件谁都没办法让它不快的事。

"好家伙,真让人想不到。"罗建平说。

"我回来都一个月了。"谢莉说电话号码是从朋友那里要的。

"好家伙,真想不到。"罗建平又说。

"你在做什么?"谢莉问。

"能做什么?"罗建平说在这个世界上大概没什么人会喜欢开会。

他们约好了吃过晚饭见面。

罗建平觉得自己已经开始激动了,他在电话里小声问谢莉:"那个特洛,没跟你回来吧?"

"我会让你看看我编的辞典。"谢莉说她编了一本很好看的《趣味英汉辞典》,"特别有趣。"谢莉说这么一来估计就要待到很晚,她会把手提电脑也带过来,东西都在电脑上,"或者,也许就走不了,地铁晚上十一点钟以后就没了。"

罗建平听出来了,那个特洛肯定不在。罗建平已经激动起来,他知道这会是一个很好的晚上。

"我这本辞典特别有意思。"谢莉还在电话里说。

其实罗建平的心根本就不在这上边:"我想也会有意思。"

"我要让你给我出出主意。"谢莉说。

"我能出什么主意?"罗建平说,"也许特洛能给你出出主意。"

"这是本《趣味英汉辞典》,这证明我那几年的英语教员没白当。"谢莉又说。

"是讲笑话的吗?"罗建平说。

谢莉说出版社那边的合同已经签了。

"有不少笑话在里边吗?"罗建平说。

"这是辞典!不是笑话集。"谢莉说。

"是不是这下子你会挣到一大笔钱?"罗建平说希望她能挣到一大笔钱。

谢莉要罗建平在宾馆门口等她,她对这地方不太熟。

放下电话,罗建平忽然觉得自己一下子又年轻了,一下子又回到了当年。其实他现在也不能算老,他们都不老,只不过他们分开十年了,这十年谢莉在美国都做了些什么,罗建平一点都不知道。他坐在大堂里抽了几支烟,这地方是可以抽烟的,烟突然变得连一点点味道都没有了。有人招呼他出去散步,罗建平朝那个人摆了摆手,然后他回了房间,去洗了一个澡。

洗过澡,天还没怎么黑,罗建平又站在了宾馆门口,很凉快。他忽然觉得自己有些口渴,他想自己应该喝一罐那种老式酸奶。他知道那个小卖铺里有这种东西,他走过去,找出零钱,为了不再回来退瓶子,他就站在那里把酸奶一口气喝完。喝完酸奶,他还觉得口渴,他就又要了一杯冰茶,冰茶很凉,这下好了,他马上就不渴了。喝酸奶和冰茶的时候,罗建平的眼睛一直望着那边。人们这时候都已经吃过了饭,开始出来散步了。有好几个身材极好的女人远远看去极像谢莉,罗建平眯细了眼睛盯着看,他想确定那人是不是谢莉。有一个女人朝这边走过来的时候,罗建平差点就要迎过去了。罗建平口又渴了,他又去喝。还在那个小卖铺,他又要了一杯冰茶,一边喝一边望着那边。他想象不出谢莉会穿什么样子的衣服,谢莉是很会穿衣服的,身材好的人一般都像很会穿衣服。他想把谢莉走路的样子给想起来,但他想不起来了,他怎么能想得起来呢?一个人是很难清清楚楚想起另一个人是怎么走路的,总之是身材好的人怎么走都好看,身材不好的怎么走都不会好看。罗建平望着那边,直到路灯亮起。路灯亮起来,周围也一下子跟着亮了起来,如同白昼,什么都能看得清清楚楚。有飞虫在绕着灯飞,疯狂地飞,很快,灯下聚集了很多飞虫。

罗建平给谢莉打了电话,他想知道她到底走到什么地方了。

"到了。"谢莉告诉他她这会儿在学校的南边。

"北边,我告诉你是在北边。"罗建平说。

"好家伙,我怎么到了南边?"谢莉在电话里说。

"北边,我在北边。"罗建平又说。

"我这就走过去。"谢莉在电话里说。

罗建平忽然想起谢莉的那套房子,谢莉去美国之后那房子一直空着。那套房可能落满了灰尘,罗建平不知道谢莉怎么收拾那房子,也许她雇了人收拾。罗建平奇怪自己为什么会想到谢莉的房子。罗建平望着桥那边,再过十多分钟谢莉就要从那边过来。这个校园很大,从南边的校园门往这边走最少也得走十五分钟,罗建平觉得自己完全有时间回去换一件衣服。罗建平回去换衣服了,因为是出来开会,所以其实他也没什么衣服可换,他只是把刚才穿的那件白T恤换成了一件白亚麻衬衣。换完衣服他甚至还照了照镜子。这让他觉得自己有些好笑,因为自己毕竟不是年轻人了,谢莉也不能说年轻了。这时他又想到了特洛,他拿不准自己在接下来的时间里能不能做好。罗建平换完衣服又出去了,他忽然又觉得口渴,就又要了一杯冰茶,一边喝一边看着那边。谢莉只能从那边过来,那条路通向校园的南门。罗建平的旁边,有人在用报纸打蚊子,蚊子可能咬了他,那个人把报纸往身上抽了又抽,"哗啦哗啦"的。

"这地方就是蚊子多。"那个人说。

"享受荷花的同时也得享受蚊子。"罗建平笑了一下。

"但有些人就不招蚊子。"那个人说。

"你最好也抽支烟。"罗建平说蚊子一般不咬抽烟的。

"这倒是个好主意。"那个人说。

"你抽不抽?"罗建平想给那人一支烟。

"不抽。"那人说。

说话的时候罗建平的两眼一直看着那边,他又把那支烟收了起来,罗建平看到了什么?他突然愣了一下,张大了嘴,凭感觉,他知道那是谁来了,正从桥上慢慢走过来,胳膊里夹着什么,手里还提着什么。袋子,不止一个袋子,是许多袋子。罗建平根本看不清她夹着什么,但他猜那应该是电脑,那应该就是他的谢莉,但又不像,毕竟有十年没见了,谢莉没这么胖。

罗建平站在那里,他有点发愣,半张着嘴,看着那边。

谢莉已经过来了,声音证实了这就是他的谢莉。

"这地方这么多荷花。"谢莉说。

罗建平感觉自己被吓坏了,他听到了谢莉喘息的声音。

"这么多荷花。"谢莉又说,又喘息了一下。

罗建平感觉自己真是被吓坏了,被出现在眼前的这个真实的谢莉吓坏了。

有什么已经递到罗建平的手里。

"我从外边给你带回来的奶酪。"谢莉说。

"奶酪?这么多?"罗建平说。

"干奶酪。"谢莉说,"用这个喝葡萄酒很好。"

"葡萄酒。"罗建平说。

"你怎么啦?"谢莉说,又喘息了一下。

"我没事。"罗建平看着谢莉,有点蒙。

"我们差不多有十年没见了。"谢莉说,笑了一下,喘息。

"是快十年了。"罗建平说。

罗建平感觉到很热,感觉到那热是从谢莉身上直接传过来的。谢莉穿了一身黑,是那种黑纱的面料,黑纱的下面隐隐约约能让人看到一些什么,那当然是谢莉的身体,罗建平熟悉的身体,随着谢莉走动而动着。"以前可不是这样!"罗建平要叫出声来了。

"这里还有一瓶葡萄酒。"谢莉又把一个纸袋递给罗建平。

"葡萄酒?"罗建平说。

"晚上咱们可以一边吃干奶酪一边喝这个酒,再吃点火腿。"谢莉说。

"国内到处都有。"罗建平说。

"我专门给你带回来的。"谢莉说,喘了一下。

进门的时候,谢莉又把一个袋子递给罗建平:"这里还有一些很好吃的生火腿,我都切好了,里边还有你爱吃的果仁巧克力。"

"果仁巧克力。"罗建平说。

"咱们有十年没见了。"谢莉说。

"好家伙!"罗建平说,但他不知道自己说这话是什么意思。

"好家伙!"罗建平又说,把门打开了,屋里很凉快。

"可得歇一歇了。"

进了房间,谢莉马上走到了窗子那边,那边更凉快些。她迫不及待地坐了下来,椅子猛地响了一声,又响了一声,是宾馆的那种矮圈椅。谢莉左左右右地看了一下,对罗建平说:"这椅子真是太小。"然后,谢莉就站起来去了床那边,谢莉站起来的时候把椅子也带起来了,"砰"的一声,椅子又落了下去。谢莉已经坐到床上去了,这么一来,床就像是一下子小了许多,变成单人床了,这真是让人吃惊。

罗建平已经放下手里的东西慌慌张张去倒了一杯水。谢莉已经摊开在床上,实际上谢莉只不过是坐在了床上,但罗建平感觉是一大堆东西摊开在了床上。谢莉现在很像是一个巨大的包袱,被黑纱打包起来的巨大的包袱,一大包,让人想象不到的一大包。这让罗建平发蒙。

"我是不是得先给你看看我编的辞典?"谢莉说。

罗建平看着谢莉,但她没动。

"你想不想看?"谢莉说,看着罗建平。

"听你的。"罗建平说。

"这是一本很有趣的辞典。"谢莉说,"已经签约了。"

"好的,咱们看。"罗建平觉得自己完全被动了,有点不知所措了。

"把东西提进来,那些好吃的你都放门口了。"谢莉说。

"对,好。"罗建平也觉得谢莉提过来的东西就那么放在门口不好看,就把它们都提到桌子这边来,罗建平觉得自己一下子缓不过来神了,因为眼前的这个谢莉。罗建平觉得自己真是被谢莉吓着了,他从来都没想到谢莉会一下子变得如此庞大,是想象不到的庞大,够吓人的。他往桌上放东西的时候偷偷看了一下床上的谢莉,他觉得那张床也许马上就要塌下去了。这时候,他又听到了谢莉的喘息,胖人的那种喘息,就是不动,胖人也都会发出这种喘息,这就是他们的与众不同。

"你看看那两瓶酒。"谢莉在床上说。

罗建平把那瓶葡萄酒从纸袋里取了出来。

"还有火腿,我火腿切得可好呢,"谢莉说,"比纸都薄。"

"比纸都薄?"罗建平说,其实火腿都还在盒子里,他什么都还没看到。

"我有专门用来切火腿的火腿刀。"谢莉说自己去美国的第二年就开始在中国人开的西餐馆打工,先是洗盘子,后来去了厨房。

罗建平已经把火腿从袋子里取了出来,可真够多的。火腿都放在一个巨大的餐盒里,一片一片平平地放着,真是红润好看,是那种生火腿。罗建平也喜欢吃这种只有在国外才能吃到的生火腿,但他现在一点点胃口都没有,罗建平觉得自己不但没有吃东西的胃口,别的胃口也像一下子就没了,他又看了一眼谢莉。

"还有巧克力。"谢莉又说了,她说话的时候喉咙里像是有什么东西,她以前可不是这样。

罗建平慌慌张张地把巧克力从纸袋里取出来了,他现在做什么都慌慌张张。"怎么回事?"他在心里问自己,"这是怎么回事?"他又看了一眼坐在床上的巨大的谢莉,就像是在看从厨房里端上来的一道自己亲自点的菜,但忽然发现那是一道完全不能下咽的菜。

谢莉在床上又说话了,她说:"你到底想不想先看看我编的辞典?"

"好吧。"罗建平说。

"都在笔记本里呢,你打开它。"谢莉说。

"好吧。"罗建平在心里说,就谢莉现在这种情况,自己宁愿看一晚上辞典。

而谢莉又说:"先不要看笔记本里的辞典了,我觉得咱们应该吃点东西了。"

"好。"罗建平说,他觉得自己只能响应,他忽然没了任何想法。

"干酪和火腿,咱们应该再喝点葡萄酒。"谢莉说。

"好。"罗建平说。

"干酪、火腿、果仁巧克力和葡萄酒。"谢莉说。

"好。"罗建平说。

"我想我应该吃点东西了,我习惯在这个时候吃东西。"谢莉说。

"在床上吃?"罗建平问谢莉,并且看着她。

"我们好长时间没在一起吃东西了。"谢莉说。

"快十年了。"罗建平说,"时间够长的。"

"在桌上吃吧。"谢莉已经从床上下来了,一大堆的谢莉从床上下来了,她一从床上下来,床就好像一下子又变大了,又变成很宽很大的双人床了。

谢莉又坐到那个圈椅里去,但她马上就觉得实在是受不了。

"太小了,这椅子。"谢莉说。

这时候罗建平已经去了洗手间,他要把宾馆里的那两个玻璃杯子洗一洗,他洗杯子的时候听见"砰"的一声。不用看,肯定是谢莉又从椅子里把自己拔了出来。罗建平洗好了杯子从洗手间里出来的时候,谢莉又坐回到床上去了,那张床一下子又像是变小了,这简直是魔术。只要谢莉一坐到床上,那张床就变成了单人床。

"我可饿了,我可要吃一点东西了,只吃一点。"谢莉说,她已经把好几片火腿一下子塞到了嘴里。看样子她是饿了,马上又是干酪,她往嘴里塞了一块干酪,她看了一眼罗建平,"你怎么不吃?"

罗建平往嘴里放了一小片火腿,挺咸。

"太少了。"谢莉示范了一下,又往嘴里放了好几片火腿,"要这样。"

"一下子吃那么多?"罗建平说。

"我习惯了。"谢莉说,"在厨房里想吃东西只能这么吃。"

罗建平和谢莉碰了一下杯,葡萄酒的味道说不上是好是坏。

"还有干酪,这可是最好的,五年的。"谢莉说。

罗建平往嘴里放了一小块儿干酪,很硬。

"太少了,这样。"谢莉又示范了一下,往嘴里放了不小的一块。

"一下子吃这么大一块?"罗建平看着谢莉,有些吃惊。

"我习惯了,在饭店厨房想不花钱吃东西就得这么吃。"谢莉笑着说。

他们又碰了杯,玻璃的声音很好听。

罗建平和谢莉碰杯的时候看到了谢莉手腕上的那串珠子,那串红玛瑙珠子,现在看上去稀稀拉拉,戴在谢莉很粗很粗的手腕上。

罗建平说:"还在?"

"什么?"谢莉说,但她马上明白了,说,"就是太紧了。"

"还是十八颗?"罗建平说。

"一颗也没少。"谢莉说。

罗建平又往那地方看了一眼,那串珠子显得稀稀拉拉的,谢莉的胳膊现在实在是太粗了,真是太粗了。

"好家伙!"罗建平听见自己说,是惊叹。

"我真是饿了。"谢莉说,又往嘴里塞了几片火腿。

"我习惯了这个时候吃东西。"谢莉说。

"你从前饭量不大。"罗建平说。

"我习惯了大口吃东西,不这样不行。"谢莉说,又往嘴里放了一块巧克力。她伸手取巧克力的时候,罗建平觉得她手腕上的那串珠子就要迸开了,要掉得到处都是了,也许会射到什么地方去。

"我现在饭量不如以前了。"谢莉又说,用手去掰干酪,谢莉的手指可够粗够大,她以前可不是这样,这样的手指,太怕人了。

罗建平禁不住看了一下自己的手指,手指上沾了些巧克力,他觉得自己应该去洗一下。罗建平去了洗手间,他洗了手,把手擦干了。他对着镜子,看见镜子里的自己用手量了一下自己的腰围,又量了一下,他看见镜子里的自己把手放在自己的腰部,然后慢慢慢慢把手再放开,他看着镜子里的自己,在用手摸自己的肚子。

"好家伙!"罗建平听见自己说。

从洗手间出来,罗建平没胃口了,一点点都没有了。

"我再吃一点点,我习惯了。"谢莉还在吃,一边吃一边说。

"你饿了有十年了。"罗建平说。

"这可真够幽默的。"谢莉顿了一下,看着罗建平。

"我待会儿再陪你吃。"罗建平说,"我先看看。"

"我再吃一点点,再吃一点点。"谢莉说,又吃了两片火腿。

接下来,罗建平打开了谢莉带过来的电脑,他就坐在小圆桌旁的圈椅里。他觉得自己要真是坐到床上去,那张床也许会一下子就塌了,就这么回事,但他时不时会起身和谢莉碰一下杯。谢莉几乎吃完了她带过来的所有东西。接下来的时间里,罗建平一直在那里看谢莉的电脑,听着谢莉说她编的这本《趣味英汉辞典》的趣味所在。她一边说一边笑,还发出阵阵喘息,是那种胖人特有的喘息。罗建平觉得笔记本里的那些词根本就一点点趣味都没有,罗建平没再吃东西,但他陪着谢莉喝,一点一点慢慢喝谢莉从美国好不容易带回来的葡萄酒。再后来,谢莉从床上下来了,她把床收拾了一下,把食品袋子和食品盒子收拾了一下,然后去了洗手间。她去洗手间的时候,罗建平忍不住看了一眼那张床,那张床一下子像是又变大了,又变成双人床了,这真是怪事!谢莉怎么可以变得这么胖?这时候,怎么说呢,都后半夜三四点了。罗建平听着洗手间里的声音,谢莉在里边喘息,刷牙,吐了一口刷牙水,水在喉咙里"咕噜咕噜",接着又"噗"的一声。

罗建平觉得自己有些提心吊胆,他听着洗手间里的声音。

再后来,谢莉开始洗澡。

"你别进来。"谢莉在洗手间里说。

"你可千万别进来。"谢莉又说。

罗建平轻轻站起了身,他轻手轻脚走到了床边,弯下身子,用手量了量床,从这头量到那一头。然后他在床上轻轻躺了下去,躺下后,他又用手量量旁边。"好家伙!"罗建平听见自己心里一声惊呼,他觉得这真是一种魔术,只要谢莉上床,这张床像一下子就变成了单人床。

然后,罗建平又坐回到圈椅里,他只能装作看谢莉的笔记本,因为他听见谢莉像是已经洗完了,但他希望谢莉不要出来,最好一直洗到天亮。

"这真是一本有趣的辞典。"罗建平对洗手间里的谢莉说。

"有趣吧?"谢莉在洗手间里说,喘了一下。

"真有趣。"罗建平说。

"是太有趣了。"谢莉在用毛巾擦头发。

罗建平想问一问特洛,那个比谢莉小四岁的美国人现在在做什么,但罗建平没问。

罗建平想问一问谢莉是不是和特洛睡一张床,那该是一张多么巨大的床。

罗建平忍不住大笑了起来,但罗建平知道自己的心里其实很难过,真是很难过。

理发店

罗小卜先去花店买了一束那种开起来很像是大个儿海星的粉百合。买百合的时候,罗小卜看着花店里的那个女孩儿把百合花蕊上褐色大米粒样的东西一个一个摘了下去。"这么一来花就不会被它弄脏了。"那个女孩儿对罗小卜说,然后给罗小卜把花包了起来。然后罗小卜去了理发店。那个理发店是罗小卜经常去的地方,一般人都喜欢有自己固定的理发师,女人和男人都一样,罗小卜也不例外。罗小卜的爱人住了一阵子医院,接受了一个不算小的手术,现在她已经完全好了。她要罗小卜一个人去送这束百合,他们已经打过电话了,那个年轻大夫今天正好在家。"要是可以,到了中午你们两个可以出去喝点酒。"罗小卜的爱人还这么交代罗小卜。罗小卜的百合就是买给这位大夫的。那是个年轻男大夫,岁数和罗小卜差不多,而且他们很谈得来。"所以你自己去吧,我在场你们说话不方便,这是你们男人之间的事。"罗小卜的爱人对罗小卜说,"你也该理理发了。"罗小卜的爱人又对罗小卜说,"你先把自己弄得干干净净的。"

从花店出来,罗小卜就去了理发店。那是家很小的理发店,在公园对面的那条巷子里。那条巷子里有很多卖各种商品的摊点,还有饭店,还有卖各种花卉和鱼虫的小贩,总之那是个热闹的地方。但现在不太热闹了,因为冬天来了,这几天很冷。罗小卜常去的那家理发店不太大,一进门左右手的墙上各有三面镜子,有六把可以旋转的理发椅子,还有几把让等待理发的客人们可以坐一坐的塑料凳子。再靠里边,是一个很高的玻璃柜子,柜子里放着洗发液和护发素之类的东西。柜子里边是洗头发的地方,墙上安着一个很小的热水器,热水器下边是一个白瓷的洗脸池,还有一个凳子,也是塑料的,客人们就在这里洗头发。没人洗头发的时候,那个塑料围裙就在墙上挂着,总是湿淋淋的。

理发店里有几个人坐着,他们都在等着理发。罗小卜认识其中的两个人,一个正在看一张报纸,另一个在吸烟。另外还有一个人,也在吸烟,罗小卜有时候想,他们喜欢这个理发店,也许就因为这里可以让他们随便吸烟。另外还有一个人,在看他自己的手机,一直在看,连头都不抬,好像已经在手机里发现了什么财宝。但他们马上都闻到了什么,其中一个抬头看着罗小卜说:"好香。"

罗小卜已经把那束百合放在柜子上边了,这样人们就碰不到它。但人们还是可以看出那是一束花,一束颜色很好看的粉百合。"好香。"理发的黄桂花也说,也朝那上边看了一下,她最喜欢百合的味道了。

"真香。"黄桂花又说,"给谁买的?"

罗小卜坐下来,靠门那地方正好有一个凳子。

罗小卜说:"你肯定猜不出我是给谁买的。"

黄桂花笑着说:"满世界都是美女,那当然不好猜。"

黄桂花说要是送病人,一般是康乃馨,送女朋友就应该是玫瑰。

看报纸的那个人把报纸放下来,看着罗小卜:"要是两口子吵过架又和好了,丈夫最好送妻子百合,好事百合。"

罗小卜认识这个人,但总是记不清他叫什么名字,但罗小卜知道这个人姓米,这是一个和粮食有关的姓,所以罗小卜一下子就记住了。

罗小卜对这个姓米的笑了一下:"我可不是送我爱人的,我爱人刚刚做过手术,我可不敢惹她生气。"

罗小卜停了停,但他还是讲了出来,说他这束百合是送给医院那个主刀大夫的,"那个大夫人很好"。

"问题是,太让人感动了。"罗小卜又说。

罗小卜这么一说,坐在那里的人就都看着罗小卜。

"你爱人动了个手术,你难道为这个感动?"姓米的要笑起来了。

另外几个人好像也准备要笑了,他们都看着罗小卜。

还没等罗小卜说,姓米的真的就笑了起来。他觉得这事真是很好笑,一个人病了,住院了,还动了手术,这有什么好感动的?他想不出这种事会有什么好感动的,这么一想呢,他就又笑了起来。

罗小卜可没觉得有什么好笑,他想先说说自己爱人的病。

"你别笑了好不好?"罗小卜对姓米的说。

姓米的笑得更厉害了。

"你这人真没劲。"罗小卜说,"问题是你还没听我说呢。"

"你上次都说过了。"姓米的说,"你说过你爱人住院的事。"

罗小卜想了想,上次来理发,他是说过爱人住院的事。那几天,他心里害怕极了,真是害怕极了,觉得做什么都没意思。

"但你知道我现在要说什么?"罗小卜说。

"医院?"姓米的说,"这个世界上肯定没有一个人想去医院,只要一住进去就有交不完的钱!只能生气,弄不好会给气死!"

"问题是那些钱有的该交有的不该交。"旁边的另一个人跟上说。

黄桂花停了一下,这些人都是她的老顾客,她知道说这话的人在绿化处工作,每年一到春天就会到处忙着种树,但许多树种下去就死了,这样一来,他们的事就好像是年年都把死的树挖出来再种上活的树然后再等着种下去的树死掉。黄桂花也笑了一下,她想医院会不会也像他们种树一样,黄桂花笑了一下,但她还年轻,还没有住过医院,当然她也不希望自己住院。

"病人是不是就是医院的摇钱树?"这句话已经从黄桂花的嘴里说了出来。

"医院也有很好的人。"罗小卜说,他看看那几个人。

"这么说,你遇到好人了?"黄桂花说,看着罗小卜。

"真的,太让人感动了。"罗小卜说。

罗小卜这么一说,那个姓米的马上又笑了起来,但他马上就不笑了,他发现罗小卜已经不高兴了。他发现罗小卜用那样的目光看着自己,他觉得自己没必要让别人因为自己说什么而不高兴,再说他和罗小卜还很合得来。他们会在理发的时候谈谈话,他觉得自己和罗小卜很合得来。

"我不是笑你。"姓米的对罗小卜说,说成群的天鹅已经从北边飞过来了,它们要飞到更南边的地方去,他今天和明天要去拍天鹅的照片,他已经和拍友们约好了。

罗小卜知道这个姓米的是个业余摄影爱好者,也知道他们总是一大帮子人,人人几乎都有最好的摄影器材,他们会相约一起去什么地方拍照,他们总是出去拍照。但罗小卜认为那是一件花钱的事,干脆说吧,是浪费钱的事。

"天鹅不会待多久,它们很快就会飞走的,也就是四五天。"姓米的说他们也要在湖边待四五天,每个人都带好了帐篷,还有做饭的炊具,还有照明设备,还有防水的垫子。户外活动该有的他们都有。

罗小卜看着姓米的,听他说他们的事。罗小卜知道那种帐篷,户外运动商店里有卖的,有一次罗小卜和爱人还去看了看。罗小卜那天其实是去看鞋的,罗小卜需要一双新鞋,但他们不知怎么就走到户外运动商店里了,里边就有支起来的帐篷。罗小卜把帐篷看来看去,觉得自己也应该买那么一顶,什么时候也和爱人出去玩玩儿,把帐篷搭在某个湖边。

罗小卜又叹了口气,他担心自己爱人以后还能不能生孩子。

"我不是那个意思。"姓米的看着罗小卜。

罗小卜看着姓米的,不知说什么了。

"我没有笑话你的意思。"姓米的又说。

"没关系。"罗小卜说。

"我真没那意思。"姓米的又说。姓米的觉得自己真是不该再说医院的事了,他就接着说天鹅的事,说这几天天气真好,天色真蓝,蓝色的天,湖水也是蓝的,天鹅是白的,这样的风景,谁拍出来的片子都会很好看。

"你们要在外边住?"黄桂花说,"晚上这么冷。"

"比这更冷我们都在外边住过。"姓米的说,又说起他们去年拍狐狸的事来了。他这事已经说过有一百多次了,每次说都让人发笑,谁都知道狐狸是疑心最大的动物。黄桂花已经笑了起来,说:"你们把花花绿绿的帐篷搭在那里,它们当然不会过来。"

"所以说我们只是拍友而不是猎手。"姓米的说,自己也笑了起来。他对罗小卜说:"你要是有工夫也跟我们出去玩玩儿?"

"我没有照相机,只有手机。"罗小卜说,"我也没有帐篷。"

"好的手机拍出来效果也不错,只要图片不放太大就行。"姓米的说好多精彩的新闻片都是手机拍的,但是拍静物就不行,姓米的看了一眼罗小卜放在柜子上边的那束百合,"静物比拍外景难多了。"

黄桂花也朝那边看了一眼:"百合花很好看。"

"其实天鹅有时候和静物一模一样,它们会浮在水上一动不动。"姓米的说。

"一动不动?"罗小卜说。

"一动不动。"姓米的说。

"会不会是睡着了?"罗小卜说它们肯定有这个本事。

"可能吧。"姓米的说。

"不会是病了吧?"一直看手机的说话了,他看完手机了,没人知道他在看什么。因为黄桂花说轮到他了。看手机的忽然笑了起来,其实他一直都想笑,终于笑出来了。他转过脸对罗小卜说:"这谁都知道,医院不是什么好地方。"

罗小卜突然愤怒了,站起来说他要出去一趟,也许要买点儿什么再回来。外边很冷,其实罗小卜出去也没有任何事,但他出去了,又马上回来了,他觉得自己有必要说说,说说医院的事。一般人都认为不可能发生的事,但毕竟发生了,那个年轻大夫跟别人完全不一样。这件事不说不行。罗小卜又坐下了,坐在刚才看手机的那个人坐过的椅子上。

罗小卜说:"医院。"

罗小卜一开口,那几个人就马上看定了他,这让罗小卜有点紧张。罗小卜忽然觉得这事真是没什么意思,自己是来理发的,不是来生气的,但罗小卜总觉得自己要说点什么才好。

罗小卜又说:"外边有许多鸟儿。"

"咱们这地方这会儿会有什么鸟?"姓米的说。他觉得应该把罗小卜的话接过来,这样罗小卜的情绪会缓和一些,他也看出来了,罗小卜是有点儿生气了。

"这些鸟比天鹅好看多了。"罗小卜简直都不知道自己在说什么了。

"咱们这儿到了冬天只有麻雀!"姓米的受了刺激。

"麻雀有时候也挺好看。"罗小卜转不过弯来了,脸红红的。

"那也不能跟天鹅比吧?"姓米的说。

罗小卜脸更红了,罗小卜不明白自己今天怎么了,但他又把这话说了出来:"我就喜欢麻雀。"

"比喜欢天鹅更喜欢吗?"姓米的看着罗小卜。

罗小卜的脸很红,但他完全不能转过这个弯来了。

"是。"罗小卜说。

理发店里谁也不再说话,连黄桂花也不说话。她看了一眼罗小卜,她不明白罗小卜今天是怎么了,但她也不知道该说什么。

"你拿天鹅和麻雀比?"姓米的看着罗小卜,不知道怎么回事了。

"其实你应该拍拍麻雀了。"罗小卜觉得自己应该把这个弯子转过来。

"你让我拍麻雀?!"姓米的说,有点儿火。

"还不用跑那么远的路,还不用搭帐篷。"罗小卜说。

"真是奇怪!"姓米的说,"麻雀天天都在那里,天鹅一年只来一次。"姓米的站了起来,他不明白是怎么回事,怎么会弄成这样?

黄桂花觉得是自己说话的时候了,她说:"百合真香。"

"百合赶不上玫瑰!"姓米的马上就把话接了过去,他明白自己今天要碰上扫兴的事了。

"各有各的香。"黄桂花说,她手里的梳子和剪子停了一下。

"那要看你喜欢什么。"姓米的说他就是不喜欢百合,最不喜欢百合。

"百合。"黄桂花说。

"太不好闻了。"姓米的说花里边最不好闻的就是百合。

这时候罗小卜已经坐了下去,罗小卜觉得自己应该把话说明白,说一下,就说一下,自己今天是怎么了?

"我其实也不喜欢百合,是那个大夫喜欢百合。"罗小卜看着黄桂花。

"哪个大夫?"黄桂花说。

"就是给我爱人做手术的那个大夫。"

"你怎么知道他喜欢?"黄桂花说,她觉得事情快过去了,罗小卜的情绪又起来了。

罗小卜说自己爱人住院的时候有人送花过来,是那种花篮,里边什么花都有点。那样一个花篮不便宜,罗小卜说那天那个年轻大夫来看小乔的病,顺便把花闻了闻,说他最喜欢的就是百合,因为那种香味他从小闻习惯了。

"所以你今天送他百合?"黄桂花说。

罗小卜点了点头,他一直看着黄桂花。

"其实跟大夫搞好关系也不错,谁都会生病。"黄桂花说。

"就是,谁都会生病,不过那个大夫真的很好。"罗小卜说。

"碰到个好大夫不容易。"黄桂花说。

"我以后还会送他百合,不光是这一次。"罗小卜说,声音很小,说完这句话他不再说话,他用自己的一只手攥着自己的另一只手。罗小卜也不知道自己今天是怎么了,会这样对别人说话。罗小卜觉得自己的手在出汗,罗小卜握着自己的手,坐在椅子上,身子朝前,哈着腰,这样一来,他的头也低着。罗小卜看着地面,地面上有不少碎头发。罗小卜一直没有把头抬起来,耳边是理发剪子剪头发的声音。他知道姓米的已经坐到最里边的那个椅子上开始理发了。很快,他理完了,他又去洗头发了,水的声音不大,停一下,又响起来,停一下,又响起来,有洗发水的味道飘过来。罗小卜喜欢这种味道,有点像杜松子酒的那个味儿,罗小卜最喜欢这种味道了,罗小卜认为这是男人的味道。罗小卜给自己点了一支烟,他把烟一口一口吐给地上的头发楂儿。理发店里没人再说话,所以理发剪子的声音就显得很响,还有吹风机的声音,居然会有这么大。罗小卜不知道自己今天到底是怎么了。罗小卜觉得自己有点羞愧,自己居然说麻雀比天鹅都好看。

这时候,那个姓米的已经理完了,他穿好了衣服,穿得很慢,他在想事,因为天冷,他穿得也比较厚,甚至还围上了围巾。他把钱给了黄桂花,又把找的零钱放进了口袋。他出去的时候,路过罗小卜,罗小卜还哈着腰看着地面。

姓米的突然停了下来,他轻轻拍了一下罗小卜。

"没关系,谁都有不高兴的时候。"

罗小卜抬起了头,看着,姓米的像一下子年轻了,理过发的人都这样。

"你爱人好了比什么都好。"姓米的说。

"没关系,谁都有不高兴的时候。"

姓米的看着罗小卜,又说。

让理发店里的人吃惊的是,罗小卜一下子站了起来,面对姓米的开始说话,语无伦次。罗小卜把话说得那么快,好像有谁不想让他说话,但人们还是听清了。罗小卜说:"你们不知道那个大夫有多好。

我给了他五千块钱的红包。你们不知道他有多好。我给了他五千块钱的红包。"人们听着,当然不可能听不清罗小卜在说什么,罗小卜说他在他爱人做手术之前给了那个年轻大夫一个红包,那个年轻大夫接了下来,但事情发生了,过了一天,又过了一天,又过了一天,医院住院处没再像往常那样一天一交地催他交钱。

"你们说怎么回事?你们说怎么回事?"罗小卜说。

姓米的看着罗小卜,黄桂花也看着罗小卜,理发店里的其他人也都看着罗小卜。

罗小卜说:"问题是那人把五千块钱打到我爱人的住院卡上了。"

黄桂花"啊"了一声,明白了,这事是让人有些感动。

"问题是那人把五千块钱打到我爱人的住院卡上了。"罗小卜又说。

其实不用罗小卜再说,人们都已经明白了。

"他说他喜欢百合。"罗小卜说,把目光投向了柜子上边那束花。

"他说他喜欢百合。"罗小卜又说。

"我其实也觉得百合挺好!"姓米的看着那边,大声说。

"谢谢!"罗小卜说。

"谢谢!"罗小卜又说。

黄桂花笑了一下,开始给下一个客人理发。

"你的头发这次长得真是太长了。"黄桂花对这个客人说。

"谢谢!"这个客人说。

"谢谢!"这个客人又说。

泣不成声

怎么说呢,四五年前,巴小东的母亲自从得知自己得了那种病就开始忙活上了,人们不知道她出于什么想法,为什么会去超市买那么多的毛线。生病期间,巴小东母亲的手就从来没有停止过,哪怕有人来探望她,她的手里总是在织东西。人们知道现在市场上手工织的毛衣要比机器织的贵得多,但就是一个星期织一件又能有多少收入?"人真是不知道会发生什么事。"巴小东的母亲翻来覆去就这么一句话,说,"老天对我的巴小东公平一点好不好?"每次说到这句话的时候,巴小东母亲的眼里都会一下子溢满了泪水。有人对她说散散步对健康有益,别总是坐在这里织这些东西,出去散散步吧。巴小东的母亲会说:"我还能有多长时间?我还能为我的巴小东做些什么?"这话真是让人伤心,听到这话的人们总是想找出什么话来安慰一下巴小东的母亲,但他们什么也说不出来。巴小东的母亲问大夫,问那个名叫白桦的年轻大夫,问自己还能有多少时间。白桦当然不好回答这个问题,这个你当然也知道,要是你是个大夫,而正好又有个病人向你提出这种问题的话。白桦对巴小东母亲说好好保养,注意不要感冒,也许不会有什么事。但白桦大夫忽略了一个问题,那就是巴小东的母亲是医院里的护士,巴小东的母亲从卫校一出来就做了护士,护士见到的病人和死人可是太多了。巴小东的母亲在卫校上学的时候可以算是一个小美人儿,她是在一个下雨的下午认识了巴小东的父亲。巴小东的父亲那时候在乐队拉小提琴,人长得很白净,细眼睛,说话还有几分腼腆,说实话是小提琴吸引了巴小东的母亲,倒不是巴小东父亲的父亲是这地方的一名副市长。那时候,巴小东的母亲还喜欢读屠格涅夫的小说。那时候医院里经常会开联欢会,每到那种时候,巴小东的父亲就会去拉小提琴,他不是乐队的演奏员,但他们有个乐队,他们喜欢演奏,而且喜欢到处演奏。这个乐队的头儿是个老女人,这老女人过去是个教员,教过音乐,也教过英语,她总是千方百计地到处打听什么地方需要演出,打听到了,就会不收一分钱地前去给人们演奏。后来这个老女人就成了巴小东父亲的岳母,这你就知道了吧,巴小东的母亲应该是谁。巴小东的母亲不知道自己怎么会那么喜欢小提琴,也许这与她自己的父亲分不开。那还是巴小东母亲很小的时候,她的父亲,也就是巴小东的姥爷,在家里拉过小提琴,后来那把小提琴给了巴小东的父亲,巴小东母亲的父亲四十岁就去世了。而巴小东的父亲,也就是巴小东母亲的丈夫去世更早,还不到三十岁,是十多年前的事,是一场事故。但不是车祸也不是别的什么,比如地震或发洪水什么的那种自然灾害,是他和几个朋友高高兴兴一起去爬山,爬山的目的是去山上的一个湖泊里看天鹅,那时候,正是天鹅从南方结队飞来的时候。结果呢,巴小东的父亲从山上一下子就摔了下去。他站在悬崖上往下边撒尿,身子一晃就摔下去了,这真是让人想不到。那一年巴小东才九岁,现在巴小东大学都毕业了,如果不出什么事的话,也许连工作都找上了。巴小东就在这个城市东边的那所大学读书,那所大学附近的那个湖很大,学生们在课余的时间会到湖里游泳。也就是巴小东上大学的第一年,巴小东的母亲检查出自己得了这种要命的病,巴小东的母亲明白等待自己的是什么,也明白等待着可怜的巴小东的将是什么。也就是从那时候开始,巴小东的母亲开始喝咖啡,那些咖啡也许早就不能喝了,都不知道放了有多少年了。巴小东的父亲喜欢喝咖啡,那些咖啡都是巴小东的父亲留下来的,好家伙,都有多少年了。喝着这样的咖啡,巴小东的母亲就觉得自己又和巴小东的父亲在一起了,他就坐在自己的对面,也在慢慢喝着杯子里的咖啡,细眼睛里边充满了笑意。巴小东的母亲会对坐在对面的巴小东的父亲说:"我们马上就要见面了。"她坐在那里,喝着巴小东父亲留下来的咖啡,和想象中坐在那里的巴小东的父亲说话,这样可以让她好受一点。巴小东的母亲想方设法要让自己能够多挣点钱,她总是买最便宜的蔬菜和食品来做她的早餐和晚餐。为了节省,晚上她宁肯摸来摸去也不多开一盏灯。即使这样,她又能为巴小东省下几个钱?巴小东住校,巴小东的母亲一个人在家里,她把巴小东小时候用过的枕头和小被褥找了出来,她盖这个,枕这个,她喜欢那种味道,她知道这种味道自己也许闻不了多久了,也许用不了多久自己真就要和巴小东的父亲见面了,这真是让她很伤感。她把巴小东小时候的衣服找出来,摸了又摸,闻了又闻,也都放在身边,就是从那时候起,巴小东的母亲开始织东西。医院安排了巴小东的母亲去海滨疗养。别人下海游泳的时候她坐在那里织她的东西,是一件毛裤,男人穿的毛裤,深蓝色的,之前她已经织完了一件驼色的,她记不起来自己是看了哪一部俄国小说,好像那是一本传记,里边有屠格涅夫的照片,就穿了一条驼色的裤子,不过那是条现在已经很少能见到的马裤。巴小东的母亲现在不但不停地织东西,还记日记,其实她也没有什么可记的。记日记的时候她心里想到的都是巴小东小时候的事,比如她带着小巴小东去公园,她藏在一棵大树的后边,直到小巴小东找不到她大叫起来。她还在日记里写清楚了那棵树在公园的什么地方。比如她还会记带着小巴小东去坐摩天轮,小巴小东坐了一次还要再坐一次,坐了一次还要再坐一次,没完没了。有一次巴小东的母亲还因此打了小巴小东。巴小东的母亲记这些东西的时候心里有说不出的伤感。她对经常来看望她的老朋友文丽说:"人要是永远长不大多好,孩子永远是三四岁,我们永远是二十七八。""你最近睡觉好不好?"文丽说下次来要带一把理发剪子,要给巴小东的母亲设计一种新的发型。文丽说话的时候巴小东的母亲手里还一针一针织着。

"外边空气真好。"文丽说,"你看那只鸟。"

"什么鸟?"巴小东的母亲说。

"红嘴小鸟。"文丽说,"又飞来一只。"

巴小东的母亲说:"世界上最好的事情不是鸟。"

"你说得对。"文丽说。

"臭小东,臭小东,狠心的臭小东!"巴小东的母亲说。

文丽不知道该说什么了,她转过身来,看着自己这个可怜的老朋友。

"你记得不?"巴小东的母亲说,"跳舞。"

文丽想不起来了,想不起是什么事。她走过来,站在巴小东母亲的背后,抱住了巴小东的母亲,然后又把手放在了她的脸上。后来文丽去了一下卫生间,她用毛巾擦了一把脸。她和巴小东的母亲从上中学就在一起了,她们是很要好的朋友。文丽在镜子里看自己,慢慢用手巾把镜子擦了一下。镜子上有水渍。后来,她又把另外一间屋子的家具都擦了一下。画着大朵牡丹花的花瓶、一个极大的贝壳,还有笔筒,笔筒里插着毛笔。更多的是小镜框,各种各样的小镜框,里边是巴小东和父亲母亲的合影,另一个框子里,是巴小东小时候的照片,还有一个框子,是巴小东上大学后的照片。旁边那个框子,是巴小东母亲和她的父母的照片。最大的一个框子里是巴小东的父亲,一个永远漂亮在镜框里的年轻人,手里拿着小提琴,细眼睛,笑着。这些人都在框子里,他们曾经在这个屋子里说啊笑啊,吃饭,咀嚼,打哈欠,睡觉,打呼噜,生气,摔东西,过生日,互相拥抱。这都过去了,都是多么遥远的事情。现在他们都去了另一个世界,他们无处不在,但就是不在巴小东母亲的生活里。只不过有时候,巴小东的母亲会在梦里和他们相遇。文丽把巴小东的母亲抱得更紧。文丽知道自己的老朋友也许明天,也许后天,也许今天晚上就会不在了,所以文丽只要一有空闲就会过来。但更多的日子是巴小东的母亲一个人在家里,她现在不织什么东西了,自从出了那件事之后,她被击垮了。她不再织什么东西。

"跳舞,你忘了?"巴小东的母亲又说。

"我记着。"其实文丽根本就想不起和跳舞有关的任何事了。

手机响起来了,是口哨,巴小东给自己设计的手机铃声,巴小东吹的口哨。出事后,巴小东的手机就一直放在巴小东母亲的手边。还有巴小东的那条牛仔裤,也叠好放在那里,这条裤子后边的口袋上有一个很小的长方形白印子,是有一次巴小东把一张火车票忘在了那个口袋里,洗裤子的时候忘了取出来,使劲用刷子洗的时候留下来的。这条裤子就搭在巴小东母亲床边的椅背上,还有一件衬衣,那种灰蓝色的灯芯绒衬衣,袖子卷着,上边有巴小东的味道。巴小东的一双鞋子,那双颜色接近橘色的牛皮鞋子,里边还塞有一双巴小东穿过的白袜子,也有巴小东的味道。应该洗一下了,但巴小东的母亲不舍得洗,放在椅子边。这双鞋,是她陪着儿子进了一家又一家商店才买到的。巴小东特别爱臭美,所以巴小东的母亲总是叫儿子"臭小东"。臭小东小时候跟着奶奶住了一段时间,奶奶是南通那边的人,习惯留指甲,巴小东和别的孩子不一样的地方就是留着大拇指指甲。上中学的时候,巴小东的母亲把儿子拉到自己的身边来,用指甲剪子把巴小东的大拇指指甲剪掉了。巴小东的母亲对巴小东说:"男孩子是不能留指甲的,十个指甲都要剪得干干净净。"这都是过去的事了。巴小东上大学时候用的手机放在巴小东母亲的枕头边,巴小东的母亲伸手就能够着,巴小东的母亲知道手机里既有巴小东拍的照片,也有巴小东的录音,巴小东手机里的照片和录音,巴小东母亲不知道看过和听过多少遍了。巴小东的母亲希望有人打电话过来,也确实经常有人打电话过来,巴小东的同学啦,巴小东的朋友啦。电话打过来的时候巴小东的母亲会问,你是谁啊?你是不是来过我们家啊?巴小东的母亲一边问一边努力想想起巴小东这个同学或朋友的样子,她会和打电话过来的人说说巴小东的事,但她很少把巴小东的事情告诉对方。巴小东的母亲会把手机里巴小东的短信一遍一遍地看来看去。虽然巴小东现在不再用这个手机,但巴小东的母亲会定期去交费,有时候巴小东的母亲会用家里的电话打通巴小东的手机,也就是想听听巴小东吹口哨的声音。

手机响起来了,这是早上,巴小东的母亲刚把阳台上的花花草草收拾了一下,她现在还能勉强干这种活儿。虽然是 8 月,但那种名叫"遍地锦"的花已经开始枯萎了,而"晚饭花"却开得很好。巴小东的母亲把落在地上的花籽都扫了,巴小东养的那只名叫黑黑的猫也跟着到了阳台。巴小东的母亲把花籽从阳台上慢慢一扬一扬撒到了下边,她想这些花籽明年会长出许多花来,但明年自己也许不在了。下边停着几辆车,有一只猫在车上卧着。巴小东留下的手机这时候响了起来。

"巴小东,巴小东。"电话里的声音响了起来,很急促,年轻的声音。

"你是谁?巴小东出去了。"巴小东的母亲迟疑了一下,说。

电话里停顿了一下,巴小东的母亲马上说:"你是谁呀?"她很怕这个电话马上挂掉,她想说说话,和找巴小东的人说说话。电话里的声音再次响起来,说:"您是谁?这是巴小东的手机。"

巴小东的母亲说："我是小东的母亲,他出去了,忘拿手机了。你是谁?"

电话里年轻的声音马上说："我是小东的同学,我和小东一间宿舍,我在上铺,他在下铺。我毕业回老家了。"电话里的声音说他现在是在昆明打电话,他们开车到昆明旅游来了,现在有急事想和巴小东通电话,有急事想找巴小东帮个忙。

"巴小东呢,"电话里年轻的声音说,"伯母?"

"小东出去了。"巴小东的母亲说小东去邮局取东西了。

"我太急了,碰到急事了。"电话里的声音说,"小东多会儿能回来?"

"你叫什么名字?"小东的母亲说。

"罗斯福。"电话里说。

巴小东的母亲笑了一下。她想知道巴小东的这个叫罗斯福的同学有什么事。

"巴小东爱穿白袜子。"电话里说。

"巴小东爱吃辣的东西。"电话里说。

"巴小东的生日是 6 月 30 号。"电话里说。

"巴小东爱穿瘦腿裤子,伯母。"电话里说。

巴小东的母亲的心跳越来越厉害。

"巴小东晚上睡觉磨牙。"电话里说。

"小东。"巴小东的母亲在心里叫了一声小东,眼泪要出来了。这样的电话还没人给她打过。"小东!"巴小东的母亲哽咽了,"小东。"

"巴小东和我最爱踢足球了,他右脚的大拇指指甲踢劈了。"

小东的母亲不知道这事,她迟疑着。

"好了没？好了吧。"电话里说。

"好了。"巴小东的母亲说,声音颤抖起来。

电话那边的声音也停了下来,迟疑着。

"你说,你继续说。"巴小东的母亲说。

"我们是最好的室友,我们互相换袜子穿。"电话里说。

"您做的干贝萝卜可真是太好吃了。"电话里说。

"你怎么知道啊？"巴小东的母亲说。

"我去您家吃过啊,巴小东生日那天。"电话里说。

"小东!"巴小东的母亲听到了自己心里的声音。

"小东!"巴小东的母亲快要哭出来了。

"您怎么了？"电话里说。

"你说,你说。"巴小东的母亲说。

"我还会学巴小东说话。"电话里的罗斯福开始学小东说话,"说,说,说。"

巴小东的母亲仿佛听到了小东的声音,和小东的声音真是一样,眼泪从巴小东母亲的眼里流出来了。

"您怎么了,您怎么不说话？"电话里说。

"你能不能叫我一声妈？"巴小东的母亲说。

电话里没有声音了,那边没声音了。

"你说话,你找小东有什么事？"巴小东的母亲有点急了,她想继续说下去。

电话里的声音又出现了,电话里的罗斯福说他们在昆明撞车了,急着要一万块钱。"要不不放我们走,我回去就把钱寄过来。"电话里说这种事只有最好的朋友能帮忙,所以就想起巴小东了,"小东什么时候回来?"

"小东。"巴小东的母亲说。

"小东。"巴小东的母亲又说。

"小东。"巴小东的母亲哭了出来。

"您怎么啦?您说话。"电话里的罗斯福说,"听小东说过您的病很严重。"

"小东!"巴小东的母亲喘不上气来了。

"您怎么啦,您怎么啦?"

"小东不在了。"

电话那边也没有声音了,但马上又有声音了:"您说什么?"

"小东不在了。"巴小东的母亲说。

两边的电话里都突然没了声音。

文丽替巴小东的母亲穿过厨房去开门。门开了,巴小东的母亲站在文丽的身后,她知道站在眼前的这个高大的小伙子就是打电话过来睡在小东上铺的罗斯福。这已经是半个月以后的事了。巴小东的母亲在后来的电话里对罗斯福说有东西要送给他,所以罗斯福来了,他终于站在了巴小东母亲的面前,他怎么也想不到巴小东会出车祸,在门打开的那一刹他的眼泪一下子就涌了出来,巴小东不在了,睡在他下铺的巴小东永远不在了,巴小东的手、巴小东的脚、巴小东的脸、巴小东的气味、巴小东的眼神、巴小东的一切都不在了。罗斯福两眼红红,不知所措地站在那里,看着巴小东的母亲把一个箱子从床下用力拖了出来。巴小东的母亲对罗斯福说:"东西都在这里了,你穿上它就和小东穿一样,你拿去吧。"

罗斯福蹲下来,他把箱子打开,里边满满的都是手织的毛裤,一条压着一条,一条压着一条,都是巴小东的母亲生病之后给小东赶着织的。

"你喊我一声妈好不好?"巴小东的母亲说。

罗斯福站起来,早已是泪流满面。

"你喊我一声。"巴小东的母亲说。

罗斯福又蹲下去,已经泣不成声。

猞猁皮是什么

怎么说呢,很少有人知道什么是耳石症,而马莉就恰恰得了耳石症。这真是要命,一开始,马莉还以为自己是血压有些高,量了几次结果一点都不高。这让马莉的丈夫朱新闻很担心,担心马莉的脑子是不是出了什么问题,比如肿瘤什么的,这真是让朱新闻感到很害怕。因为马莉会在毫无征兆的情况下突然犯病,走着走着忽然就一下子趴在了那里,头晕的时候站都站不起来。那一阵子,朱新闻很怕马莉一个人在家里下楼上楼,他很怕马莉在上下楼的时候突然犯病从楼梯上滚下来,那后果简直是不堪设想。为了这,马莉又住到楼下去,为了这,马莉有一阵子根本就不敢坐车,更别说再去坐航班飞往另一个城市做她的头发。关于这一点,朱新闻心里倒觉得很值得庆幸。有一年多了,马莉总是坐飞机去到另一个城市找那个叫小巴的理发师给她做头发。朱新闻也知道这个叫小巴的理发师以前就在这个城市开发廊,是一个青年人。马莉的头发一直都是由他做,小巴去了另一个城市之后,马莉换了几个理发师,但都不能让马莉满意,这让马莉很抑郁。因为头发,马莉忽然觉得自己像是失去了什么,自己的自信和美丽都像是随着那个叫小巴的理发师去了另一个城市。到后来,马莉就总是坐飞机去到小巴的那个城市找小巴做头发。朱新闻知道马莉和那个叫小巴的男人不会有任何事,他相信自己的妻子,但他心里还是很不是滋味。有时候马莉从那边回来,洗澡的时候,朱新闻会背着马莉把她的内裤仔细检查一下,朱新闻不明白自己怎么会这么做,觉得自己这么做很下贱,所以朱新闻有一阵子心里总是很烦,为了做头发而在天上飞来飞去好像让谁都受不了。朱新闻的朋友们说,这有什么?这只能说明你有钱。直到那天早上起来,马莉发现自己的耳朵有了问题。

"朱新闻!"马莉在卧室里喊朱新闻的时候,朱新闻正在卫生间里刷牙,朱新闻发现许多牙膏沫子都给弄到镜子上了。

"朱新闻,朱新闻,我怎么了?"马莉说她站不起来了。

朱新闻冲进卧室的时候马莉正在床边的地板上趴着。

"我站不起来了。"马莉说。

朱新闻以为马莉是摔了一下,连忙问:"什么地方?"

马莉说自己头晕得站不起来了。

"是不是把头碰着了?"朱新闻说,"碰什么地方了?"

马莉说她什么也没碰着:"突然就不行了。"

朱新闻把马莉抱上了床:"现在怎么样?"

"不行。"马莉说。

朱新闻那会儿可是吓坏了,他想到了脑出血,但马莉还不算老。

朱新闻给马莉拿了一块糖,朱新闻说,你是不是低血糖?

马莉很少吃糖,她把糖含在嘴里,过了一会儿,头还在晕。

"我建议你再来一块儿。"朱新闻说。

马莉头晕的情况持续了很长时间,到了后来,还是朱新闻的一个好朋友,上大学的时候是学医的,他忽然对朱新闻说:"你老婆是不是有耳石症?"

朱新闻的这个朋友对朱新闻说人的两个耳朵里边都有两块儿小得不能再小的石头。"有多大?"朱新闻的朋友在手边找不到什么东西可以说明耳石的大小,那天他们正在下围棋。"这么说吧,"朱新闻的朋友说,"人耳石的大小要比一粒小米还要小得多。"朱新闻当时想起了黄花鱼,黄花鱼的头部就有两小块石头,小时候吃黄花鱼,朱新闻总是喜欢在鱼头里找那两块小石头。朱新闻笑了一下。朱新闻的朋友说,你笑什么?这有什么好笑的。朱新闻说:"黄花鱼。"朱新闻的朋友也笑了起来,他明白了,他和朱新闻一样都比较喜欢吃黄花鱼。朱新闻的朋友说人耳朵里的耳石可和黄花鱼的不一样,人耳朵里的耳石很重要,只要一离开原来的位置人就会晕眩不已。

"要是厉害了,有时候连床都下不了。"

"还能不能再坐飞机?"朱新闻说。

"站都站不住。"朱新闻的朋友说。

"我是说坐飞机。"朱新闻说。

"你说什么?"朱新闻的朋友问。

"问题是得了耳石症能不能再坐飞机?"朱新闻说。

"严重的时候坐在椅子上都不行。"朱新闻的朋友说。

这事让朱新闻很开心了一阵子,想一想马莉不能再坐飞机往另一个城市飞他就很开心。他虽然知道马莉不是那种人,但他还是不放心马莉为了做头发坐飞机去找那个小巴,那情形多多少少像是在约会,和一个理发师的约会,和那个小巴,温州人小巴!这是一种结束,结束了马莉为了做头发而坐飞机在天上飞。这是一件好事。朱新闻在心里说。

这真是一种最好的结束。朱新闻在心里说。

但无论出了什么情况,人的头发总是不会停止生长。马莉也不能例外。那天早上,朱新闻听见卫生间里"砰"的一声。朱新闻马上过去,马莉坐在镜子前,梳子扔在地上,已经断成两截。马莉回过身来对朱新闻说,她已经想好了,既然自己不能坐飞机过去,她要让那个小巴过来,马上坐飞机过来给自己做头发。

"你让他坐飞机过来?"朱新闻看着马莉。

"我让他坐飞机马上赶过来。"马莉说。

朱新闻也马上就明白了,要是让那个小巴放下手里的工作白白过来人家肯定不会犯这个傻。还有,要是让那个小巴自己买飞机票过来人家肯定也不愿意。马莉的意思很明白,她要给那个小巴买好往返的飞机票,而且还会给他两天的工资,让他坐飞机赶过来给自己做头发。

"给他两天的钱,"马莉说也就是小巴在发廊两天可以挣到的钱数的总和,"既然我过不去。"

马莉说:"问题是,我现在的头发怎么见人?"

"这不是钱的事。"朱新闻说。

"你知道不知道我有三次没去唱歌了,就因为头发。"马莉说。

朱新闻很支持马莉去那个业余合唱团唱歌,这样马莉会有事做。他还支持马莉请客,请合唱团的人吃饭。"那花不了几个钱,一帮老女人。"朱新闻说。

"让小巴来。"马莉说。

"再试一个理发师行不行?"朱新闻说,在这个城市不知有多少发廊,不知道有多少理发师,"再试一下?"

"不行。"马莉对朱新闻说,"你又不是不知道,我的头发只有小巴才做得好,除了他谁都不行。"

说话之前,马莉已经给那个小巴打过了电话。

小巴那边答应了,既然一切费用马莉都出,包括两天的工资再加上往返的机票。

"还有,就这个小巴,让他在家里住一晚,给我做完头发隔天赶他的飞机。"马莉说。

朱新闻看着马莉,心里说不出是什么滋味。

"要住在家里?"朱新闻说。

"你看吧,要他住旅馆也可以。"马莉说,"咱们家的十多间房子都空着。"

朱新闻不知道这到底是怎么回事,一个理发的而已。

"他有老婆吗?"朱新闻问马莉。

"你什么意思?"马莉一下子就生气了。

"没什么意思。"朱新闻马上说,"住家里就住家里,这没什么。"
"你去机场接一下他。"马莉说。

朱新闻去了阳台,他心里很乱。二十多年前就是这样了,当朱新闻刚和马莉结婚的时候就这样了,马莉给朱新闻带来了婚姻,也带来了花不完的钱。马莉的父亲,那个煤矿主,一辈子似乎只知道不停地挣钱,挣啊挣啊,也许是钱挣得太多了,结果出了车祸,马莉一下子失去了父亲和母亲,却得到了大笔的钱。出事那天,马莉的父亲和母亲一起去看望一个朋友,他们都在一个车里,所以都没能逃脱厄运。朱新闻现在没有工作,他也不用工作,他每天的事就是和朋友在一起喝喝茶,有时候会喝点酒,但酒量也不大。朱新闻有时候会觉得自己很无聊,但他已经习惯了自己的无聊。他对自己的生活没有怨言,对马莉也没有怨言,马莉给公公和婆婆在城里买了房子,还给朱新闻唯一的弟弟买了辆车。马莉做什么朱新闻一般都不会有意见,这包括马莉坐飞机去另一个城市只为了做一下头发。朱新闻在心里算了算,马莉做一回头发用的钱是一般家庭两个月的生活费,但朱新闻对这件事没有任何意见。朱新闻和马莉的孩子现在在美国读书,隔一年半年朱新闻会和马莉飞往美国看一下孩子。朱新闻不喜欢洋酒,也不喜欢牛排,马莉也不喜欢,所以他们没有一点点移民的意思。马莉有马莉的朋友,马莉有一阵子热心对朋友讲述她去印度的见闻,说她在那里见到过的那位大胡子大师,她还把大师的相片给朱新闻和别的朋友们看。马莉是个从不会说谎的女人,她说有一次在屋子里的时候,当然是她一个人对着大师相片的时候,相片上的大师忽然对她开始眨眼睛。"这就是说,我和大师已经用心灵联系上了。"朱新闻觉得这件事很好笑。他有时候会趁马莉不在,把大师的相片取出来一看就是老半天,但相片还是相片,相片上的那个大胡子大师没一点点动静。朱新闻怀疑马莉的脑子是不是出了什么事,又是头晕又是能看到相片上的人眨眼,这让朱新闻有些担忧。所以,朱新闻不愿意马莉再去印度,要不是耳石症,马莉也许现在已经在印度了。还有就是朱新闻一点点都不喜欢马莉从印度带回来的那种香,马莉在家里点这种香的时候朱新闻就很难受。除此,朱新闻对马莉没一点点不满的地方。包括她每次坐飞机去做头发,朱新闻每个月也要理一次发,也一直是只找自己喜欢的理发师。所以朱新闻能理解。但朱新闻觉得要是让自己坐飞机去另一个城市只是为了理发自己不会,自己要是个女的也不会。朱新闻已经想过了。

朱新闻坐在阳台椅子上抽烟。

马莉在下边接电话。

从阳台上看下去,可以看到下边的院子里,有一个人俯身在垃圾箱里翻东西,把垃圾箱里的一个纸箱子拉了出来,把里边的东西倒出去,再把纸箱子放在脚下踩扁了。然后,又去翻另一个垃圾箱。这次翻出来不少饮料瓶子。朱新闻看着下边,看着那个人用脚把饮料瓶子一个一个踩扁了,然后再装到一个袋子里。

"明天去机场。"朱新闻对自己说。

朱新闻开车的时候看见了车窗外的云彩,朱新闻现在好像一坐在车里就要看看天空上的云彩,这当然不好,但朱新闻忍不住。机场很快就到了。朱新闻给自己倒了一杯水,坐下来,候机厅里人不多,有一个人干脆就躺在长椅子上,像是睡着了。一个带轮子的旅行箱立在这个人的身边,箱子上放着一本杂志。有一个年轻人在玻璃墙旁边打电话,这个年轻人很瘦,脸冲着玻璃墙那边。有人走过来了,拉着箱子,又一个人过来,手里端着一碗方便面。朱新闻站起来,又去给自己倒了一杯水,然后再坐回来。朱新闻有点犯困,他昨天晚上没有睡好。如果可以的话,朱新闻觉得自己应该打一会儿盹。

朱新闻觉得机场不是打盹的地方,然后他就去了候机厅角落里的售货柜台。那地方是既有食品也有各种旅游品,还有衣服,冬天还没到来,这里已经挂起了皮衣,还有那种美国牛仔戴的翻毛宽檐皮帽子。朱新闻摸了一下那帽子,那个女售货员马上走了过来,那个女售货员给朱新闻介绍一款女式皮衣,皮子上的斑点让朱新闻想到猫。但那女售货员说这是猞猁皮。这让朱新闻一下子就感兴趣起来。他把猞猁皮的女上衣拿在手里看了看,然后开始给马莉打电话。

"接到了?"马莉在电话里说。

朱新闻忽然觉得心里很不是滋味,但他还是说:"机场这边柜台里有猞猁皮的上衣,很好看。"

"你别误了接机,时间快到了。"马莉在电话里说。

朱新闻的兴趣一下子就没了,他放下了那件猞猁皮上衣。

那个女售货员在一旁说了句什么,像是说,猞猁皮是最上等的皮类。

这时马莉在电话里又说话了,她说猞猁皮是什么?

"猞猁皮就是猞猁皮。"朱新闻说是一种皮子。

"什么样?"马莉说。

"有点像猫。"朱新闻说。

"上边有条纹?"马莉说。

"比条纹好看。"朱新闻说上边除了条纹还有斑点。

"猞猁是豹子的一种吗?"马莉在电话里说。

朱新闻笑了一下,这说明现在马莉的心情很好,说明她的耳石症起码这时候还没犯。

"比豹子小多了。"朱新闻说,"你穿上会好看的。"

"像豹子那样的花纹吗?"马莉说。

"比那好看。"朱新闻又用手摸了一下那件皮衣。

"你别光看皮衣,看看那个小巴出来了没有?"

朱新闻朝那边看了一下,那边的电视屏幕正在播放字幕。

"这下好了,晚点了。"朱新闻说。朱新闻是顺口说的,他其实没有看到那字幕上是什么字。那字幕播得也太快了,好像就是为了让人看不清才那么快。

"怎么又晚点了?"马莉说。

"也许那边正在下大雨。"朱新闻说,"也许有雾。这谁也说不清。"朱新闻希望小巴坐的这趟飞机晚点,越晚越好,这对马莉是一种打击。朱新闻很希望有什么能在做头发这件事上打击一下马莉,或者那个小巴不再来了,或者那个小巴从飞机上掉了下来。朱新闻又坐回到原来的那个位置上,再过一会儿,小巴坐的那架飞机就要到了。朱新闻朝那边望了望,他希望这个小巴别出现。为了某种原因他不来了,小巴会给马莉打电话的,也许,他不来最好,也许马莉会接受另一

150

个理发师。

这时候那个女售货员朝朱新闻走了过来,问朱新闻是否要那件猞猁皮上衣:"如果要,可以打折。"

朱新闻想知道可以打几折。

"八折。"女售货员说她们今天搞活动。

"猞猁皮活动?"朱新闻笑着说。

那个女售货员也笑了起来。

"我太太不在身边。"朱新闻说,"这得她来看才能决定。"

"还有男款的,看一下?"女售货员说。

朱新闻就又过去,看着女售货员从柜子下边取出来一个袋子,她把袋子"嚓"地拉开,从里边拿出来另外一件猞猁皮。土黄色和褐色的花纹在朱新闻眼前一闪。朱新闻又开始给马莉打电话。

"猞猁皮还有男款的。"朱新闻对电话里的马莉说。

"什么猞猁皮?"马莉好像已经忘了刚才朱新闻给她打过电话。

"猞猁皮。"朱新闻说。

"猞猁皮是什么?"马莉说。

"是一种皮子,上边有很好看的花纹。"朱新闻说,心里忽然有些恼火。

"什么样?"马莉说。

"有点像猫。"朱新闻说。

"上边有条纹?"马莉说。

"比条纹好看。"朱新闻说上边除了条纹还有斑点。

"猞猁是豹子的一种吗?"马莉在电话里说。

"你怎么啦?"朱新闻说,"这话你刚才问过了。"

"那你怎么还给我再打一次电话?你去干什么的你别忘了!"马莉说,"你是去买猞猁皮的吗?"

马莉的话忽然让朱新闻火了起来:"我知道,还没到呢!"

挂了手机,朱新闻对自己说:"还不就是个理发的!"

"先生你要吗?要不你试试?"那个女售货员对朱新闻说。

那件男式猞猁皮上衣还在柜台上放着,朱新闻又用手摸了一下,很滑。朱新闻对那个女售货员说,客人来了,我先把客人接上再说。朱新闻有点动心了,他很喜欢猞猁的那种花纹,他想起自己在电视上看到过的猞猁了。他想起来了,这种动物的耳朵上边各有一撮儿挺立的毛,下巴上也像是有那么一撮儿,这种动物总是形单影只地在雪地上出现。电视上是有这样的镜头。

"可以再多打一点折。"那个女售货员又说话了。

"怎么样,先生?"那女售货员追着朱新闻问。

朱新闻已经离开了那个柜台。朱新闻从这边可以看到另一头的本港到达出口那边已经拥出了人。朱新闻从这个玻璃门出去,往西走,又进了另外一个玻璃门。那个小巴早已经站在了那里。朱新闻忽然笑了起来,心情也一下子变得高兴起来。理发师小巴的旁边还站着一个女人,小巴说这是他老婆。

"她没来过,带她过来看看。"

朱新闻忽然又笑了起来。

小巴不知道朱新闻笑什么。

"那边有卖猞猁皮上衣的,很不错。"朱新闻对小巴说。

这是句没头没脑的话。

"猞猁皮是什么?"小巴说。

朱新闻要小巴上网点点看:"你会明白的。"

"点一下看看。"朱新闻说。

"猞猁皮?什么猞猁皮?"小巴说,提着很大的旅行袋,紧跟在朱新闻的后边。

刺青

唐辉对小紫有了意见,不是意见,是不满,也不是不满,是怀疑。为什么这个刺青要这么晚才做?什么客人要这么晚才来她那个小刺青店,而且不让他在场?什么意思?前年他们从培训班出来开这个小店,光为起名字就有许多麻烦,怎么起都不合适。一开始是想叫"美容",后来又觉着不对劲,比如,有人要刺在胳膊上,有人要在腿上,或者有人干脆要在肚皮上,怎么办?那又不是脸,只有脸才能够叫"美容"。最让小紫吃惊的是,唐辉对她说,有一次洗澡看到一个小伙子,居然把花纹刺在那上边。"要是有人让你做这种活,你会不会做?就做在这地方,这地方,这地方。"唐辉用手指着下边。小紫尖叫起来,唐辉就嘻嘻哈哈往后躲,说:"要是碰到这种活儿,也算是你的意外收获。""你再说你再说。"小紫把伞举起来,伞上的水滴已经滴了下来,唐辉把身子往一边侧。小紫又把伞收了回来。外边在下雨,两个人在吃烧烤,坐在雨遮下。

唐辉说:"要不是我要陪老爷子去洗澡,我也敢在那地方刺一下。"

"那地方,给谁看?"小紫说。

"只给你一个人看。"唐辉说。

"当然是只能给我一个人看。"小紫说。

唐辉听见了外边的布谷鸟在叫,布谷鸟的样子很像鸽子。

小紫也朝外边看了一下,吃过晚饭她就要去店里了。

"这个顾客是陶子带过来的。"小紫说,"你猜都猜不到,人都五十多了。"

唐辉像是被吓了一跳:"五十多岁? 做刺青?"

小紫忽然就又笑了起来:"问题是五十多岁才要晚上来,白天怕人看见。"

唐辉说:"再过二十多年我们也五十了。"

"而且是个女的,是个老女人。"小紫说。

小紫这么一说,唐辉就忍不住了,一个五十多岁的老女人做刺青? 是不是太过分了? 怎么回事? 唐辉笑得前仰后合,小紫也跟着笑了起来。这件事是越想越好笑,一个五十多岁的老女人来做刺青,这是听都没听过的事。

"你是不是……?"唐辉说,"你别骗我。"

小紫把包拿在了手里,说时间差不多了,她另一只手拿了伞,又把伞递给唐辉,要唐辉帮她把伞打开。唐辉说他要再坐一会儿,或许再来瓶啤酒。"一个人回去没意思。"唐辉说,"要不我就一直在这里等你,反正回去也没事。"

"那也好,雨别再下大。"小紫说。

"电脑是个好东西。"唐辉说用电脑太好了,"没什么东西能比电脑更好了。"

小紫已经走进了雨中,雨打在伞上"沙沙"响。

"嘿嘿嘿!"唐辉对小紫说,"你千万别碰到个变态。"

小紫把伞歪过来,对唐辉说:"这还不算变态?五十多岁。"

"有什么事你就给我打电话,我不走了,等你。"唐辉说自己也许要一直喝下去,反正回去也没事,还省得再从家里出来接她。

唐辉又要了一瓶啤酒。有车从南边开过来又开过去,"沙——"的一声。唐辉看着小紫向左走,向左走,一下不见了。唐辉和小紫现在还没钱买房子,但唐辉和小紫觉得这样更好,可以随便租房子,唐辉和小紫租的房子就在附近。唐辉和小紫是在培训班认识的,他们不在一个班,他们在画素描的时候认识了,但他们实际上谁也想不起他们是怎么认识的,反正认识了,好上了,后来就住在了一起,就这样。唐辉比较欣赏小紫穿衣服,花不了几个钱的衣服一穿在小紫身上就特别有模有样。除此之外,小紫还特别会收拾家,别人不要的瓶瓶罐罐被她捡回来插把花就好看得不得了。唐辉喜欢自己住的地方有艺术氛围。

唐辉是那种不太花心的男人,除了小紫,他的另一个爱好就是喝啤酒。他现在又给自己要了一瓶,还要了一个爆米花,爆米花刚刚爆出来,下雨没影响它的质量。唐辉吃爆米花的时候总是先把爆米花在嘴里嚼个够,然后再用一口啤酒把它送下去。因为下雨,来这地方喝啤酒的人不算多,唐辉最喜欢这种天气,他还比较喜欢下雪。小紫也比较喜欢这种天气。唐辉和小紫已经想好了,他们不要孩子,有了孩子就是有了责任,反正目前他们买不起房子。如果有了钱,唐辉和小紫商量好了,要去一趟西藏,然后再去西双版纳,然后还会去一下海南。到他们老得走不动的时候,他们也许会去开个青年旅社,唐辉对陶子说他和小紫才不会开画廊呢,他们画够了,但问题是,他们实际上现在也没停下来,他们现在只不过是在人的皮肤上画。离唐辉和小紫的刺青小店不远处还有两家做刺青的,但那两家都没唐辉和小紫做得好。当然他们不会比唐辉和小紫做得好,毕竟唐辉和小紫是培训班出来的。唐辉和小紫也许很快就要去西藏了。西藏是个好地方,唐辉和小紫没事的时候总是在电脑上找西藏的图片看,各种的图片都看。唐辉现在脖子上挂着一颗天珠,用一根老皮带系着,手腕上还有一串陶子给他从西藏搞来的老珠子。唐辉想好了,要是真去了西藏,他要给自己搞一件西藏的那种布袍子,天冷的时候他会穿它。唐辉喝着啤酒,心里想着这些,想自己也许就和小紫在西藏开个小店。唐辉的手机就是这时响了起来。

唐辉马上就听到了小紫的笑声,唐辉可以想象小紫笑的样子。

"别光笑,说。"唐辉说。

小紫还在电话里笑。

"别笑了,你说,说。"唐辉说。

小紫还在笑,她说她实在是忍不住了,她说她是在外边给他打的这个电话。

"什么事这么好笑?"唐辉说。

小紫在电话里说:"太好笑了。"

唐辉说:"什么好笑？说清楚。"

"你猜猜那个老女人要给自己做什么?"

唐辉"扑哧"一下笑了:"总不会往那地方做吧？男人还可以。"

"比这还好笑。"小紫说。

"还能怎么好笑?"唐辉说,"你说,说。"

小紫在那边已经笑得喘不过气来了:"你猜。"

唐辉说:"你别在外边待太长时间,人家毕竟是顾客。"

小紫说:"你说她要做什么？她要在胳膊上文一个男人的头像。"

"太酷了吧!"唐辉说,"你这回算是走大运了,碰到这样一个老女人。"

"她拿了一张照片,是个年轻人,她要把年轻人的头像文在胳膊上。"

唐辉也笑出了声,他喝了一口:"真算是给你碰上了。"

"这种事你没听说过吧?"小紫说。

"是没听过。"唐辉说,"看看这个臭陶子!"

小紫说她要进去了,不能太长时间。

"是,你进去吧,下雨呢。"唐辉说。

"好笑不好笑?"小紫又说。

唐辉就又笑了起来,说心里话,唐辉比较喜欢看变态,但这种变态他想不到。

"我进去了。"小紫说。

"去吧,别笑了。"唐辉说。

"你别再喝了。"小紫说。

唐辉喝了口啤酒,又笑了起来,这件事太有意思了。这时候小紫已经进去了,手机关了。唐辉的那瓶啤酒已经喝完了,他招了一下手,又给自己要了一瓶,就这一瓶了,唐辉对自己说。他主要是不愿意起来去厕所,这个地方的厕所要上二楼才有,他也不愿像别人那样到树边去解决一下,再说还下着雨。唐辉忽然又笑了,想想,又笑了起来,但他没笑出声。这个晚上真有意思。唐辉决定给陶子打个电话,看看这家伙在做什么。唐辉拨了手机,手机一下就通了,电话里很乱,有不少人在说话,男的,女的,还有音乐,唐辉想弄明白电话那边是歌厅还是饭店,现在还不太晚,不少人现在还在吃饭。"陶子,"唐辉说,"怎么这么乱?"陶子说他还在拍,第四场还没拍完,到现在还没吃饭。"又当群众演员?"唐辉明白了,又笑了起来,但心里突然有点很不是滋味。一大堆表演系毕业的学生,苦苦地学了那么多年出来,连一点像样的活儿都找不上,也只能找些当群众演员这样的碎活儿。一拍拍一天,中间吃点方便面,还总是等着想让导演看自己顺眼或喜欢上自己。

"你这要熬到什么时候?"唐辉对陶子说。

"到什么时候算什么时候,反正没负担。"陶子说,"反正我这辈子也不结婚了。"

"咱们年底去西藏吧,到那边去开个青年旅社。"

"西藏那边不要钱?"陶子说。

"先租,还不都是这样?"唐辉说自己最喜欢青年旅社那种乱糟糟的气氛了,又说起杭州那家叫"江南驿"的青年旅社,"人人在那地方都像艺术家和诗人。"

"我还喜欢呢。"陶子说,"但钱呢?"

"那边房租也不贵,离八廓远一点,到时候小紫她父母那边能给拿点。"唐辉说小紫的父母挺支持他们去西藏发展,说到时候也会过去。

"拉倒吧,西藏可不是养老的地方。"陶子说到时候怕他们气都上不来。

"你不能总这么跟在剧组屁股后边跑来跑去。"唐辉说。

陶子说他今天晚上还要跑另一个场。"一晚上三百也可以。"陶子说,"那边喊呢,我该上了。"

"来啦,来啦!"陶子在电话里喊。

唐辉觉得自己还想喝,就又给自己要了一瓶。这时有人过来了,是两个年轻人,坐了一下,又挪了座儿,挪到角落里去了。服务员把一把塑料椅子"嘭"的一声放在了那张桌上,也就是说,从现在起,想喝的继续喝,但他们不再接待新来的客人,现在是空出一个桌子他们就往桌上放一把椅子。这地方的服务员都是男的,岁数都不大。因为下雨,他们可以这样做,可以早一点收工,他们太希望早点收工了。唐辉想给小紫打一个电话,他打开手机却看起足球方面的消息来。西藏那边的人踢不踢足球?唐辉在心里说,他忽然又想起西藏了。各种运动里边唐辉最喜欢足球了,唐辉左脚的大拇指因为踢球把指甲给踢劈了,猛看好像少了一块儿,唐辉希望那块儿地方再长出新的指甲,但从上高中到现在一直就没长出来。雨还下着。唐辉忽然把手机又合上,他担心小紫也许会把电话打过来,也许还有更好玩儿的事告诉他。但小紫那边没动静。唐辉觉得小紫那边差不多快完了,但刺青要做三次,今天做一下,后天来一次,后天的后天再来一次就做完了。一般人做刺青不会有什么反应,也不会感染。但现在很多人都在贴刺青了,这让唐辉和小紫有点担忧。唐辉特别喜欢看贝克汉姆的刺青,但唐辉认为那一定不是刺青,而是贴上去的假刺青,因为小贝身上的刺青经常在变。

夜一点一点深下去,小紫没有再把电话打过来。

这期间又有人走了,服务员把塑料椅子放到桌上去,"嘭"的一声。

小紫把电话打过来的时候已经快十二点了,雨还在下,不大不小。

小紫打电话的时候唐辉已经看到了她,她举着伞正往这边走,跳了一下。

唐辉已经等不及了,小紫还没走到跟前唐辉就站起来迎过去,唐辉也带着一把伞,这就让他们之间有了距离,但唐辉还是发现小紫的情绪有些不对头。"怎么了?做完了?没什么事吧?那老女人是不是变态?"唐辉说,看着小紫。

"跟你说,我很难过。"小紫说。

"怎么了?说,你说,那老女人把你怎么了?"唐辉说。

让唐辉想不到的是小紫忽然哭了起来。

"没事吧?"唐辉更担心了,"出了什么事?"

"我很难过。"小紫说。

"那老女人怎么了?"唐辉说。

"没事,做完了。"小紫说,"我心里很难过。"

"你难过什么?"唐辉说。

"你想不到,"小紫说,"你真想不到,唐辉。"

"出什么事了?是不是变态?人老也会变态。"唐辉说。

"不许这么说!"小紫说。

"怎么啦?"唐辉看着小紫。

"那是她儿子。"小紫说,"胳膊上刺的是她儿子。"

"她儿子?"唐辉大吃一惊,"怎么回事?"

"她儿子死了。"小紫说。

"怎么回事?"唐辉说。

"死了。"小紫说。

"怎么回事?"唐辉说。

"出车祸死了!"小紫说,"她说这样她就能和她儿子永远在一起了。唐辉,我心里真的很难过,我不知道,不知道会是这种事。"

唐辉也不知道会是这种事,他长出了一口气。

"我很难过,唐辉,我没收她的钱。"小紫说。

唐辉又长出了一口气。

"我不该说那些话。"小紫说。

"因为你不知道。"唐辉说。

"唐辉,我们说定了,我们不要孩子。"小紫说。

唐辉没说话，这种事，真是让人心里难过，唐辉觉得自己心里有什么东西往下掉，一直往下掉，一直往下掉。谁能想到那是她的儿子？

过马路的时候，有一辆车离他们不远，唐辉和小紫都没注意。那辆车从他们身边开过的时候带起了很多积水，水从他们头上一下子落下来，落在伞上，声音很大，像有人在敲架子鼓，一片乱响。

豌豆

　　皮哥拿过省里的乒乓球冠军,但他后来很快就退役了,也就没了工作。他现在和我一样四处闲逛,到处在想办法找事做,有时候我们会在一起喝喝酒,说说找工作的事。皮哥很喜欢喝青岛啤酒,我对他说:"这样下去你的肚子会很快鼓起来,会鼓得像一面鼓。"皮哥一听我这么说就咧开嘴笑了起来,他喝一口啤酒:"你是不是又要讲你那个关于鼓槌和鼓的故事了?"他这么一说我也就跟着笑了起来。我们就是这样的好朋友。皮哥说,要是再找不到事做,他也许会拿上他的冠军奖杯去地铁口擦皮鞋。我说这可是个很好的主意,生意肯定会很好,而且已经有人这样做了。但说完这话我们就都不再说话了,我们都看着窗外的雨,对面那棵树下的绿色长椅下有只流浪狗,它也在避雨,缩着,很可怜的样子。我对皮哥说:"你看那只流浪狗。"皮哥说一开始它就在那里了。皮哥说的一开始就是指我们进小酒馆那一刻,下雨天小酒馆里人不多,在这样的天气里喝酒是个好主意,我们总是要个什锦火锅,里边杂七杂八什么都有那么一点儿,还有煮得很硬的鸡蛋和牛肚,鸡蛋这种东西总是越煮越硬,这样的火锅简直就是个大烩菜。火锅的好处主要是,无论多长时间都能吃到一口热点的东西。这就是我们的日子。皮哥说我们不能再过这样的日子了,我当然同意他的这种说法。皮哥看看他的鞋子,说他现在太需要一双新鞋了,要是找到事做,第一件事就是买一双鞋。我看一眼他的鞋,觉得他是应该买一双新鞋了。我把脚也伸了一下,皮哥笑了,说到时候他会买两双。"我们每人一双。还要多买几条内裤,还有袜子,要买的东西太多了。"皮哥说。

"我们都该找一份工作了。"皮哥说。

听见了门响,我说:"皮哥?门开着。"皮哥从外边进来的时候我闻到了雨的味道。我说:"是不是又下了?"皮哥说:"日本那边刮了龙卷风你知道不知道?"我说:"这个季节很少刮龙卷风,日本这下子很可能真要地震了。""听说许多生活在深海的鱼都已经被刮上来了。"皮哥又说,"你想不想跟我出去?"我说:"现在还不到喝酒的时候,有点太早吧?"我告诉皮哥我还没把自己收拾出来,我要先刷刷牙、洗把脸。我进卫生间的时候皮哥把电视机打开了,我坐在马桶上一边解手一边刷牙,多少年来我总是这样,这样做起码是不浪费时间。我探探头,对坐在外边的皮哥说:"你这么早去什么地方?"皮哥在屋里说:"你房间怎么这么乱?看看这些烂卫生纸!"我说我可能是感冒了,总是流鼻涕。皮哥说:"感冒可不好。"我刮脸的时候,皮哥又说:"今天我可能会找到一份事做。"我说:"我听不清,电视机开这么大声干什么?"他把电视机的声音调小了:"有一个校长最喜欢打球,想找个能教学生练球的。"我说:"是乒乓球吗?"皮哥说:"那还用说?"我说:"你就是想让我跟你出去做这事,看你为了找工作而打球?"皮哥说:"问题是那个校长本人最喜欢打乒乓球。"皮哥的话让我兴奋了一下,我说:"你记住你答应过我什么。"皮哥那边忽然没了声音。"老皮,"我说,"你怎么不说话?还不就是一双鞋?"皮哥这时走到卫生间来,他靠在门框上对我说:"其实刘教也是一片好心。"我说:"怎么回事?"这时我已经收拾完了自己,我把一点点润肤霜挤在手心里,但我马上又把手心里的润肤霜用手纸擦掉了,因为下雨天根本就用不上这种香喷喷的东西。皮哥继续说他的话,说刘教昨天怎么对他说,怎么教他做,怎么让他讨那个校长的欢心,最最重要的是打球的时候不要赢了那个校长。我说:"那又有什么?只要能找工作,输他几个球没什么,"我看着皮哥的脸,说,"也只是为了讨人家的欢心对不对?""我也这么想。"皮哥说。

我说:"咱们吃饭吧?"

我告诉皮哥我又找到了一种新牌子的方便面,挺好吃。

"喏,老坛泡菜方便面。"我说。

"那就来一包。"皮哥说。

我开始煮面,取出两个碗。

皮哥的胃口像不错,他一边吃一边想着什么,两眼看着外边,这么一来,弄得我也忍不住回过头看了一下外边。外边雨还在下,我说:

"这种雨没什么,我喜欢这种雨。"皮哥说这是长蘑菇的雨,蘑菇都是在这种雨天里长出来的。这时有车从外边开过去了,"唰——"的一声。"下雨天,车轱辘都会发出这种声音。"我对皮哥说。皮哥说他爸送了一辈子的报纸,下雨天都没停过,骑着自行车,自行车不会发出这种响声。我看看放在门边的自行车,我想待会儿是不是应该骑自行车出去,是我带皮哥还是皮哥来带我。但无论是谁坐在后边都得把那个奖杯抱好,那是皮哥的冠军奖杯,放在一个袋子里,皮哥准备到时候给那个校长看一下。

"也许会有作用,有人信这个。"皮哥说。

"这种东西不是人人都能得到的。"我说。

我们进校门的时候,校门口的那个保安其实看都没看我和皮哥,因为他在下象棋,好像只是翻了一下眼皮子。"我认识他。"皮哥说,但皮哥马上又把这句话改了一下,"是他认识我。"我们连车子都没下就一直骑进了学校。骑过一排房子的时候,皮哥对我说他在这里吃过几次饭。说这话的时候我们到了。这真是一所漂亮的大学。

我和皮哥很快就见到了皮哥说的那个刘教,然后又见到了那个校长。

刘教小声对皮哥说了句什么,当然是在校长还没有出现的时候,我知道他们在说什么。随后校长就出现了,这是个五十多岁的胖男人。

"咱们也不是比赛,咱们只不过是切磋切磋球技。"

这个校长虽然胖,但动作非常灵活,这就让他显得有些滑稽,但他打起球来可以说还真不错,所以我当时就觉得学校里有那么好的球台也可以理解了。"就凭这球台我们也应该经常来。"我对皮哥说。但旁边那个穿白T恤的年轻人很快就小声告诉我,这个球台只供校长一个人打球,当然还有陪他打球的那些人。说话的人像是这个学校里的员工,但细看又不像,人很年轻。也就是这个时候小东给我打来电话,小东在电话里的声音很大,弄得我只好到外边去接这个电话。小东又开始说他们昨天钓鱼出的那件事,小东说他们谁也想不到会在钓鱼的时候发现那个死人,也想不到发现死人会有这么多麻烦,得被人一次一次地叫去问话。小东说:"倒好像是我们杀了人。"我说:"这种事也是个经验,以后无论看到什么就当没看到。"小东说问题是他的那几个朋友还以为那个人没死,就把他从水里拉到了岸上。这可真是件倒霉事。小东说明天有可能还会被叫到公安局那边去问话,而且和他们在一起钓鱼的三个人都会被叫去。我不知道小东给我打这个电话是什么意思,我明白这种事一般谁也帮不上忙,我只能对小东说:"别烦别烦,总有完的时候。"我这么说的时候小东就不说话了。

我打电话的时候,一个年轻人在最边上的窗子那边弓着腰看屋里打球,这个年轻人穿着一身麻灰色的运动衣。我很想招呼他一声说想看就到屋里看,外面下雨呢,但我知道我要是真这么说了就很好笑,因为我不是这个学校里的人,再说这又不是什么国际赛事。我又朝那个年轻人看了一下,这个穿麻灰色衣服的年轻人这会儿给自己点了一支烟。他待的地方淋不着雨,因为有房檐突出来,人站在下边其实淋不上雨。

"可惜你没看见,我刚才又赢了他一个球。"

我从外边进来的时候,正在打球的校长很得意地对我说,他知道我是皮哥这边的人,他说话的时候蹦来蹦去,因为他又是接球又是扣球,他很忙乎,他的脸上已经出了汗,鼻子那地方特别亮,好像只在那地方涂了油。我看了一眼皮哥,皮哥没出一点点汗,皮哥身体好着呢。皮哥接住了一个球,而校长再把球打过来的时候皮哥却没接住,我明白那是怎么回事。这时校长两手一扬,几乎是尖叫了一声:"笨蛋,这个球也接不住。"也就是这个时候我的手机又响了,我只好再次出去接。但这次不是小东打过来的,是个推销奶粉的电话,我只听了一下就把它挂掉了。我再进来的时候,校长又对我大声说:"可惜你没看到!"我又知道是怎么回事了,我在心里说:"这就对了。"我看了一眼皮哥,发现他在生气,我对皮哥的脸色很熟悉,他生气什么样,不生气什么样,我都知道,连他最兴奋的时候什么样我都知道。我觉得皮哥马上就要忍不住了,也就是这时校长又大声对皮哥说:"你还是专业打球的呢,你还是专业打球的呢。"这个校长,我看得出来他人其实很好,只不过心直口快,是个爱说话、爱开玩笑、爱和别人嘻嘻哈哈的人,这种人比较好打交道。

"哈!接住!"

校长大声说,把一个球打了过来。

校长接着又说:"你要是连这个球都接不住你就是笨蛋。"

但皮哥没接住这个球。

"这也接不住!"校长又大声说。

"这就对了。"我在心里对皮哥说,我看了他一眼。

这时候我的手机又响了,我的手机总是在最紧要的关头响,这一回是小东的,我只好再出去接。外边的雨还在下。我出去的时候又看到了那个麻灰色的年轻人,还在那里弓着腰看,他肯定是很喜欢乒乓球。

"你也不过来和我说说话?"小东在电话里说,"要不咱们晚上去喝酒吧?"我说这倒是个好主意,这是个喝酒的天气。"来个什锦火锅怎么样?"我说话的时候小东可能已经在想要去什么地方了。小东知道我们住的那地方饭店有什么好菜。我猜对了,说要不晚上就去"银仓"吧,"银仓"的火锅最好。他这么一说我的担忧就又来了,我问小东会不会把他的另外几个倒霉朋友也叫过来,小东知道我什么意思,小东说晚上"不"。我说把皮哥也叫上吧,皮哥现在正打球呢。小东说:"这种天气打乒乓球是个好主意。"我对小东说皮哥这次打球和找工作有关,所以这次打球很重要。小东说他想过来看打球,小东问我现在在什么地方。"这边的路刚刚修过很好走,那你就过来吧。"我对小东说。"那地方的虾滑很好吃。"小东又说晚上吃饭的事。我对小东说我不爱吃虾滑,我只吃涮羊肉,有羊肉就够了。我和小东说话的时候,我感觉到我背后除了乒乓球的"啪啪"声再没有一点点其他的声音。我对小东说:"晚上你要来就来吧,有什么话你过来再说,然后咱们一起去饭店。是不是就咱们三个?"小东说:"你还想叫谁?"我对小东说我喝酒最讨厌一来一大堆人,容易出事。小东就在电话里笑了起来:"出什么事?"我对他说:"你马上来吧,这边肯定不会有死人,也不会有麻烦。"我这么一说,小东那边马上就没了声音。我忽然觉得自己是不是说错了,是不是不该开这种玩笑。我掉过脸去看那个麻灰色的年轻人,这个年轻人脸都要贴在了玻璃上。奇怪的是,他为什么不到屋里去看?

"也许我马上就过去。"小东在电话里说。

我放好手机进去的时候,皮哥和校长已经打完了,他们站在房间的另一边。皮哥的脸色很不好看,校长在喝一瓶矿泉水,皮哥手里也有一瓶。我一进去,那个白T恤年轻人就小声对我说:"你朋友真厉害,几下子就把我们校长打惨了。"这话让我大吃了一惊,我又朝那边看,校长的那张脸还是容光焕发,这又让我放下心来,我觉得我从心里开始喜欢这个人了。起码他的脸色没变。

"想不到你打得还真可以。"

校长对皮哥说,虽然他们站在屋子的另一边,但我听到了。

皮哥这时已经坐在了那里,用他的左脚把右脚的鞋子蹬了一下。他是想让脚舒服一下,紧接着又用右脚把左脚的鞋子蹬了一下,这样一来,他的两只脚就都可以轻松一下。

"马上给你来个厉害的看看,也是你们体育专业的。"校长对皮哥说。

我也过去拿了一瓶矿泉水,我小声问那个白T恤年轻人:"怎么回事?还要打?"

年轻人没说话,好像没听见我的话。我发现校长正看着我们这边,紧接着他就站了起来。我以为他要朝我走过来跟我说话,但我想错了,校长掠过了我,进了右边的卫生间。

"其实他人很好。"穿白T恤的年轻人在卫生间门关上的时候对我说,又说校长每次打完球都要冲一下凉,里边能洗澡。

"他不会现在就洗澡吧?"我说。

白T恤年轻人说:"校长肯定马上就会叫人了。"白T恤年轻人又解释了一下,说,"有一个人乒乓球打得特别好,校长准备把这个人调到学校里来,校长肯定是要他和你朋友好好较量较量。"皮哥这时候朝我这边过来,我要皮哥坐下来,我不想太刺激他,所以我先对他说起晚上出去吃什锦火锅的事:"小东订好了,也许他一会儿就过来,顺便看看你打球。"皮哥马上就有点儿火,说这有什么好看,别让他来。接下来我才小声对皮哥说:"刘教的话你怎么没往心上记?这回你完了。"皮哥明白我的意思,他张张嘴,没有话从他的嘴里说出来,他又张张嘴,还是什么也没说。

我说:"其实你挺笨。"

"唉。"皮哥说。

"你这样的人现在越来越少了。"我对皮哥说。

"他那几句话让我不舒服。"皮哥说。

"你忘了刘教的话了?"我说。

"唉!"皮哥叹了一口气。

"你挺笨!"我又说。

"你别忘了我拿过冠军!"皮哥开始生气了。

我不再说什么,我不愿他把事情弄得越来越糟。

皮哥也停了说话,看着那边,校长从卫生间里出来了。

校长从卫生间里出来的时候,那个刚才在外面看球的麻灰色年轻人也从外面进来了。他手里也拿着个手机。这个麻灰色年轻人一出现校长就把手机关了,可见刚才是他们在通话。"好,你来得还真快,待会儿你要好好打打。"校长对这个麻灰色的年轻人说,说话的时候校长冲着皮哥笑了一下。"你们两个,好好打一场。"校长对皮哥说,然后又转身回到了卫生间,我猜想他刚才是进到里边打电话去了,这一回是要做他想做的事,比如洗洗手、擦擦汗或方便方便。也就是这个时候,那个麻灰色的年轻人突然朝皮哥这边走了过来,几步就走了过来,我看出来了,他是有什么话要对皮哥说。皮哥站起身,被这个麻灰色的年轻人拉到了一边,这个麻灰色的年轻人对皮哥说什么我都听不见。因为小东这时候又来了电话,这一次我没有出去,小东说他又不想来了,晚上在饭店见就行。我对小东说不来也好,还有就是晚上别开车。小东问打完没打完,我告诉小东还有一场。我回头看了一下,那个麻灰色的年轻人已经和皮哥分开了。这时候那个校长也已经从卫生间里走了出来。我感觉他是洗了一下手,他手里有擦手的纸巾。他一边擦手一边在那边的椅子上坐下来,他背后的玻璃窗上挂满了水珠。"开始吧。"校长说。这时候那个麻灰色的年轻人把外衣脱了,里边是件白色的背心,圆领的那种。很快,皮哥就和那个麻灰色的年轻人"乒乒乓乓"干开了。因为下雨,乒乓球被打来打去的声音没有平时那么脆,有点儿发闷。光听声音,就能知道皮哥和那个麻灰色的年轻人打得不那么激烈,但让人想不到的是皮哥很快就输了两个球。

"皮哥。"我对皮哥大声说。

皮哥没朝这边看,他发了一个球,这个球有点儿飘。这真是一个臭球。

"皮哥。"我又喊了一声。

我把我身边的那个袋子拿起来朝皮哥晃了晃,那袋子里是皮哥的冠军奖杯。"皮哥——"我又喊了一声。

那个白T恤年轻人站在我的身边对我说,和皮哥对打的这个年轻人泳也游得很好,不单是乒乓球打得好。

"这是冠军奖杯。"我很想拍拍我身边的那个口袋这么说。但我站起来去了外边,我的手机没有响,我出去给自己点了一支烟,雨还在下着,和刚才一样,没大起来,也没小下去。我在心里对皮哥说:"皮哥你这个蠢猪!"抽完一支烟,我又给自己点了一支,听里边的动静,皮哥不会有什么好戏。

"皮哥你个蠢猪!"我在心里又对皮哥说,但我还是忍不住转过身子看里边,因为门开着,下雨天屋里特别闷,皮哥从来都没这么糟糕过。后来,我进去把那个袋子抱在怀里,等着皮哥他们结束。我觉得没必要再让那个校长看皮哥的冠军奖杯,虽然那是个乒乓球球赛的冠军奖杯。

晚上吃什锦火锅的时候雨还没有停。小东早就来了,我们去的时候他已经自己喝了两瓶啤酒。小东心事重重,说明天还得去签一回字,为那个和他们一点点关系都没有的死人。我和小东碰了一下杯,让他不要心烦。皮哥也和小东碰了一下,说,人人都有烦心事,不单单是小东。我看着皮哥,又和另一位碰了一下杯。这天晚上不是小东请的客,是另一位请的客。这另一位就是下午和皮哥打球的麻灰色年轻人,他一来我就什么都明白了,明白皮哥为什么打得那么差。到后来我们都喝多了,那个麻灰色的年轻人站起来又敬了一下皮哥,他已经敬过了,但他又敬了一次。"谢谢皮哥。"麻灰色的年轻人把这话又说了一遍。再后来,我们都吃不动了,麻灰色的年轻人又要了一盘蔬菜,很大的一盘,里边有绿色的生菜和深绿色的菠菜,还有豌豆。我看见那些豌豆在蔬菜的叶子下边,滚圆滚圆的一层,碧绿碧绿的豌豆。

翩翩再舞

乔小强也不知道自己是从什么时候开始发胖的,他现在是太爱吃肉了,如果有肉的话他就不会吃菜,这让李妮很发愁。李妮在医院的手术室工作,她知道发胖是怎么回事,她知道一个人如果只是身体肥胖还没多大事,问题是人体的内脏要是堆积了太多的脂肪那就要出问题了。"你应该多吃点蔬菜。"这话李妮对乔小强也不知道说了有多少次,但只要餐桌上一有肉,乔小强就不顾一切了。"我太爱吃肉了。"乔小强对李妮说自己有点管不住自己。现在不但是乔小强一天比一天胖,连他和李妮的儿子——他们的儿子都已经十三岁了——也一天比一天胖,这让李妮很是发愁。李妮现在很少在家里给乔小强做肉吃,红烧肉和炖肉她都不再做。她对乔小强说:"能不能一个星期只吃一次肉？为了你们好。"乔小强嘴上是同意了，但有几次乔小强和他们的儿子偷偷吃肉的时候被李妮看见了。乔小强买了红肠，但李妮不知道乔小强把红肠放在什么地方，李妮那天下班比往常早，就正好碰见了乔小强和他们的儿子每人拿了一根红肠在那里吃。那种哈尔滨红肠，虽然里边有不少淀粉，但确实很好吃。

"你们就好好吃吧！"李妮对乔小强大声说。

乔小强说他发现冰箱里还剩两根，又没多吃。

李妮说："冰箱里什么时候有红肠？"

"总之没多吃。"乔小强说。

李妮过去，使劲捏了一下乔小强的肚子：

"你知道不知道这里边都是什么？"

乔小强大叫了一声："胃啊，肝啊，心脏啊。"

"脂肪，这里边全都是脂肪！"李妮很生气。

"以前我吃得太少了！以前我为了舞蹈吃得太少了！"乔小强也大声说。

"那你就好好吃吧。"李妮又对儿子说，"还有你！"

"我那会儿整天挨饿谁知道？"乔小强说。

"你最好去问你的舞蹈！"李妮说。

现在，李妮很少往家里买肉，到了冬天也不再做腊肉。要在往年，李妮年年都要做些腊肉，先把肉一条一条切好腌了，再把它们一条一条放在阳台上晾几天，然后她会让乔小强去找一些松枝来把肉熏一下。但现在李妮不再做这种傻事了。李妮现在很担心，担心乔小强和他们的儿子继续发胖。因为李妮在医院手术室工作,她知道人身体里的脂肪是怎么回事,她知道白花花的脂肪有多么可怕。每当有很胖的病人做手术,她就会想到乔小强和他们的孩子。

"别再吃肥肉好不好!"有时李妮会大声对乔小强说。

但乔小强总是笑嘻嘻地对李妮说:"肉还是肥的香,红烧肉要不是有肥肉就应该叫'干烧肉'。"乔小强最爱吃红烧肉,如果碰巧是乔小强和李妮一起出席朋友们的宴请李妮就总是紧张,如果碰巧有红烧肉李妮就更紧张。

"我再来一块好不好?"乔小强会用请求的口气对李妮说。

"我不管你!"李妮说。

一块红烧肉吃下去,过一会儿乔小强又会对李妮说:"我再来一块好不好?"

"知道不知道这么吃会死人的!"李妮说。

李妮的话让乔小强的朋友们笑了又笑,一个个笑得东倒西歪。

"照你这么说人们就别开饭店了。"乔小强说。

李妮觉得自己很失败,她不愿意看着乔小强一天比一天胖,也不愿意看到他们的儿子一天比一天胖,所以她尽量少往家里买肉,如果有可能的话她就只买鸡胸肉,或者是比较瘦的牛肉。乔小强有一阵子特别热衷于囤货,这是看电视的结果——有一阵子电视里总是播放灾难突然降临怎样安全渡过的片子。乔小强躲避那也许永远也不会降临的灾难的办法,就是往家里买一些可以储存很长时间的食品,比如压缩饼干,比如白糖和蜂蜜,还有梅林牌的午餐肉,据说这种牌子的午餐肉可以储藏五年。乔小强买了好多食物,还有水。乔小强对李妮说家里必须要有能够吃一个月的东西,一旦地震,或者是发生了战争,家里的东西最少要可以吃一两个月。有一阵子,乔小强在家里所有能放东西的地方都放满了食物。但后来李妮发现乔小强储藏的午餐肉明显少了,还有一次,是晚上,已经很晚了,李妮发现乔小强一边看电视一边吃东西,乔小强总是看电视看到很晚。

李妮轻手轻脚走过去,发现乔小强居然是在吃午餐肉。

"小强!"李妮大声说,"灾难现在没有降临!"

乔小强说他要检查一下罐头的质量:"还可以,没什么问题。"

"如果你每天检查一次呢!"李妮很生气地说。

乔小强说就检查了这么一次,还可以。

再有一次,是李妮发现了他们的儿子在那里吃什么东西。

"这是午餐肉!"李妮对儿子大声说。

"我饿啦!"儿子说。

李妮现在真是很失望也很生气,她觉得自己拿乔小强和他们的儿子没一点点办法。乔小强和他们的儿子总是想尽一切办法找肉吃。虽然李妮很少往家里买肉,但她还是没有办法阻止乔小强和他们的儿子。李妮现在连饺子都很少给乔小强包。所以乔小强对李妮很不满,说日子总不能过得跟和尚一样。

为了乔小强的发胖和他的吃肉,李妮和乔小强总是不停地争吵。

"怎么也得给我们吃顿饺子吧。"乔小强说。

如果李妮包的是素馅儿饺子,乔小强会说:"这难道是饺子吗?"

李妮现在很发愁,她想不出任何方法让乔小强,还有他们的儿子少吃一点肉。李妮在手术室里看主刀大夫给病人做手术时,如果碰巧是个肥胖的患者,李妮会忍不住"啊呀"一声,说乔小强现在肚子里的脂肪差不多也会有这么厚了,乔小强肚子里的脂肪也差不多有这么多了,乔小强的皮下脂肪也许比这还要多了。乔小强快完了!舞蹈也救不了他了,虽然他热爱舞蹈。

有时候,在床上,李妮会一把掐住乔小强的肚子。

乔小强马上就会尖叫起来:"干什么?干什么?你到底要干什么?你还不放手!"

"你知道不知道你这里面都是些什么?"李妮说。

乔小强说:"起码在这个世界上我不是最胖的人。"

"迟早你会被肥肉毁了!"李妮说。

再到后来,李妮会说:"乔小强你迟早会被肉毁了!"

"咱们家不是庙吧?"乔小强会说。

"我和你儿子不是和尚吧?"乔小强说。

李妮不知道该说什么好,她看着乔小强。

也就在这时候,电话突然响了,李妮说:"好啦,肯定又是吃饭。"

乔小强去接了电话,马上就开心地笑了起来,对李妮说:"水开了水开了,快去灌一下水。"乔小强的朋友老皮在电话里对乔小强说,他们找到了一个吃猪肘子的最好的饭店。乔小强对老皮说:"你最好小点声。"李妮已经走了过来。

"我不管你。"李妮说,"命是你自己的。"

"吃饭未必就等于不停地吃肉。"乔小强说。

"吃吧,你好好儿吃!"李妮在厨房里说。

"为了舞蹈,我那几年吃得太少了。"乔小强说。

"那你也不能把自己吃这么胖。"李妮在厨房里说。

"来吧,最好的蜜汁烤肘子。"老皮在电话里说。

这天晚上乔小强回来得又很晚,浑身上下都是酒气,还有就是他上床后不停地喝水,然后是一趟趟地去厕所。直到后来,隔了好多天,乔小强才对李妮说,他们那天晚上比赛吃蜜汁烤肘子。乔小强藏不住话,他有什么都得对李妮说,这就是爱情,乔小强和李妮的爱情。其实也没人要他非说不可,但乔小强就是这么个人。一人一个很大的肘子,乔小强说,自己的身体很好,居然还能很轻松就吃下一个那么大的肘子。乔小强这么说话的时候李妮的眼睛瞪得要多大有多大,但她连一句话也没有,她在心里气得够呛,她觉得自己该想个什么办法了,但她又想不出什么好办法,乔小强总是说自己马上就要去减肥了,天天早上和晚上都会跑跑步。

"身上多出来的脂肪就会给跑掉了。"乔小强说。

乔小强还说,他现在这么胖都是被舞蹈害的。

"要是还有演出我不会变成这样。"乔小强说。

乔小强的话让李妮很伤感,她看着乔小强,觉得自己是不是对乔小强有些过分。

"现在看舞蹈的人太少了。"李妮说。

"我保证以后尽量少吃肉。"乔小强对李妮说,以后也许还会有演出,也许。

"你说得对,要是天天有演出你就不会发胖了。"李妮说。

乔小强摸了一下自己的肚子,想说什么却没说。

"小强。"李妮说,把手放在乔小强的手背上。

乔小强只有一声长叹,他把自己的另一只手放在李妮的手背上。

认识乔小强的人都知道乔小强曾经是一个多么好的舞蹈演员,为了舞蹈,乔小强的脚多多少少都有些变形了。舞蹈演员的脚一般都不能看,真正的舞蹈演员一般都很少穿那种露脚指头的凉鞋。

但只隔了一天,李妮又在垃圾桶里发现了梅林牌午餐肉的罐头盒子。李妮觉得自己嘴里发干、手心冒汗,她湿了湿自己的嘴唇。这是星期六的晚上。

"午餐肉。"李妮躺在床上说。

"你什么意思?"乔小强说。

"你吃了午餐肉!"李妮说。

"其实那里边都是些淀粉。"乔小强说。

李妮朝床那边侧着身子睁着眼睛,心想,如果不行的话,哪天一定把乔小强带到手术室去看看。如果恰好那天有一个大胖子要做手术的话,这样也许会把乔小强吓住,一般人都没有机会看到人身上那一层一层的大肥肉。那些白花花的肥肉真是很可怕,对一般人来说还会觉得恶心。但李妮很快改变了主意,因为她有了更好的主意。

怎么说呢,如果只看乔小强现在的样子,没人会相信乔小强过去很清秀,也没人会相信乔小强过去是个很好的舞蹈演员。李妮爱上乔小强,就是因为喜欢他的舞蹈和他过去的样子。演出啊,舞蹈啊,现在对乔小强来说已经是很遥远的事。剧团已经有多少年没演出过了?这谁也记不清了。主要是现在没人要看舞蹈,看二人转的人倒是很多。因为没有演出,所以乔小强他们的工资也就发得很少,所以乔小强也就总是出去喝酒。一般来说,男人们的不痛快都是靠酒来打发的,但实际上乔小强并不怎么喜欢酒,也不喜欢日复一日地对着镜子教舞蹈,"一二,一二,一二,一二,二二三四,二二三四,二二三四,二二三四"。乔小强早就烦了,前来跟他学舞蹈的孩子也一天比一天少了,人们都不太相信这样一个胖子能教孩子们舞蹈,人们觉得能够跳舞或者能够教人跳舞的都是瘦子,都有很好看的身材。乔小强对李妮说,再这么下去,自己要改行了。李妮说:"你总得有件事做。"乔小强说自己已经想好了,要是不再教舞蹈,他就要去街头卖烤肉串。乔小强这么说是基于卖不掉的肉串到时候不会浪费,剩下的还能喝两盅。李妮马上就尖叫了起来,尖叫了一声后马上停住,忽然又笑了,是冷笑,是无奈。李妮站起身,看着乔小强,说这倒是个很好的主意,她们手术室天天都会从患者身上割掉好多没用的东西,正好没去处。

乔小强立马明白了李妮的话外音,跑到了卫生间,"哇哇"地吐开了,但乔小强什么都没能吐出来。

"你太恶心了,李妮!"乔小强说。

"手术室里这种东西太多了。"李妮说。

"你不说行不行?"乔小强说。

"你别吃那么多肉行不行?"李妮说。

"要是有演出我会这样吗!"乔小强大声说。

"总之你不能再胖了,不能!"李妮说。

"我以前吃得太少了。"乔小强说,就是为了现在看都没人想看的舞蹈!

"你还会跳的。"李妮说,"但你不能再吃肉了,肥肉!"

"要是有演出我就不会吃了。"乔小强说,"现在我要身材做什么?做什么?"

也就是在这天晚上,李妮发现乔小强又给自己弄了一大块火腿,乔小强在厨房里一边切一边吃,好像怕谁跟他抢。乔小强在厨房里说:"我实在是忍不住,这肉实在是太香了,我以前忍了有多少年,我现在又没有演出,所以我不能再忍了。"

乔小强又往嘴里放了一片:"我不能再忍了。"

乔小强又说了句什么,李妮没听到,李妮的心思已经跑到了别处。

"喂,"乔小强对李妮说,"你不来一块儿?"

"我知道,你其实也挺喜欢吃。"乔小强说,嘴里嚼着。

"你又不胖。"乔小强说。

"其实只要一跳舞,我身上多余的肉就会马上消失。"乔小强又说。

"这你放心。"乔小强又说,又往嘴里放了一片儿。

"一跳就没了。"乔小强又说。

乔小强虽然胖,但步子还是轻盈的,他从厨房里一边吃一边一路旋转到厅里的镜子前,说:"只要一跳就没了。只要一跳,身上多余的肉就会没了。"乔小强扬着两条胳膊旋转着,这个动作乔小强依然做得轻松漂亮。

乔小强对李妮说:"你放心,只要一跳我就正常了。"

"吃吧。"李妮忽然说,"因为现在根本就没人想看你的舞蹈!"

乔小强看着李妮,足足看了有一分钟。

"你看看镜子里的你自己。"李妮说,眼睛里有了泪水。

乔小强回过头去,家里的大镜子挂在一进门的墙上。

"再好的身材现在对你也没用,所以你吃吧!吃吧!"李妮说,不让自己的泪水流出来。

李妮觉得自己不应该再管乔小强的事了,让乔小强想多胖就多胖吧,这都是舞蹈的错,李妮自己要这么想,李妮也只能这么想。但让她不甘心的是他们的儿子不能那么胖,毕竟他的父亲年轻的时候身材是那么漂亮。李妮觉得自己应该最后再试一下。所以这天她又包了饺子,是肉馅儿饺子,她把那两片下班时带回来的肉在水龙头下洗了又洗然后细细剁碎,再把韭菜加进去。这顿饺子吃得乔小强很满意,乔小强说好多年都没吃过这么好吃的饺子了,他们的儿子吃得也很香,因为李妮的饺子包得太好吃了,乔小强都来不及问是猪肉、羊肉还是牛肉的了。那之后的一个晚上,乔小强和李妮还有他们的儿子在一起看电视的时候,李妮忽然问起那顿饺子香不香。

之后的事便是,李妮告诉乔小强父子饺子馅儿中肉的故事,接着就是乔小强和他们的儿子都狂奔进了卫生间,但他们怎么也吐不出来,因为那饺子已经是两三天前的事了。"消化了,没了,已经永远变成了你们身上的血液,变成了你们身上的肌肉,没了。"李妮站在卫生间门口对乔小强和他们的儿子说。

"李妮——"乔小强尖叫起来。

人们不知道乔小强怎么会又瘦了下来,人们都奇怪乔小强怎么会不再像以往那样热爱吃肉。人们都说乔小强现在又回到了从前,人们都说乔小强又可以翩翩起舞,但是,人们也都知道现在的人们并不那么需要舞蹈。现在真正发愁的是李妮,她不知道应该给乔小强吃什么药才能让他不呕吐。李妮现在倒是想让乔小强吃一点肉,但只要餐桌上一出现肉,乔小强就会忍不住呕吐起来。

"我不知道是应该感谢你还是恨你!"乔小强对李妮恶狠狠地说。

李妮看着乔小强,能听得见自己的心跳,一下,一下,一下。

乔小强已经又瘦成了以前的乔小强,但没人知道他是否还能像以前那样随乐而起,翩翩再舞。

音乐

小陶忽然醒了过来,推了推几米,说有什么动静,你听有什么动静?几米很累,翻了一个身又睡着了。几米现在很累,这天晚上就更累。他们过些日子就要结婚了,实际上他们已经同居了很长时间。他们现在是睡在他们的新房子里,他们的新房在最高层,说是新房子,其实已经有十年了,所以他们才买得起。房子是复式的,虽然没有电梯,但他们也很满意了。他们把房子重新装了一下,该换的电器也都换了。几米现在热衷于搞他的小乐队,他是乐队里的鼓手,他们经常能接到一些活儿,也就是有一些小型的演出会找上门来,每演一次,他们多多少少总能分到一些红,虽然不多,但零花够了。几米现在留了一点点小胡子,在下巴那地方,这样一来,几米看上去老成了许多。在他结婚之前,他的这套房子几乎是他们小乐队的排练场,他们经常在这里排练和聚会,以至邻居们对几米的音乐都提出了意见,有时候他们搞得动静太大了,邻居们还会上来敲门。要是天气暖和,他们会到阳台上去练,但现在是冬天,也快要过年了,是一年最冷的时候,所以他们只能在屋子里练练。这天他们的聚会够热闹的。晚上的演出是在八点之后,是在一个酒吧,他们要一直演到后半夜两点多。所以几米这时候很困,他这一觉一般都要睡到第二天的上午十一点。这一次是小陶先醒了一下,她听到了什么动静,几米说没事,这是最高层,这么冷的天,小偷绝对不会上来,除非他是天底下最大的傻瓜。小陶把手放在了几米的身上,几米说,明天醒来再说吧,我太累了。小陶就没再说什么,也很快睡着了。

下午的时候,几米的父亲又过来了,他过来帮几米把新买的淋浴器安装一下,几米的父亲以前是工厂的技术员,干这种活是小菜一碟。几米的父亲一般来说很讲究,比如穿衣服从来都不会马马虎虎,即使是在几米这里干点小活儿他也要换一下衣服,把身上的干净衣服换下来,其实就是把外边的衣服脱了,只穿里边的内衣内裤,他这么做已经习惯。再说室内的暖气很好,屋子里的温度总是26摄氏度或27摄氏度的样子。几米的父亲对几米说,请工人做还不如我来做,一是省下一笔钱,二是方方面面我都会,别人做我也不放心。几米的父亲一般都是白天来,晚上不来,他早就知道小陶已经和几米同居,但他也不愿意在晚上的时间碰到小陶。几米的父亲还不算太老,但他已经退了休,所以总是有很多时间在几米这边的房子里收拾收拾这里,收拾收拾那里。有时候他还会在这里睡一觉,或者冲一个澡,当然是在几米和小陶绝对不会出现的时间里。就是那次冲澡的时候他发现原来的淋浴器不行了,好像有跑电的迹象,所以才坚持把淋浴器给换了。其实淋浴器一送来就可以让商店那边派来的人安装好,但是几米的父亲对什么都不放心,因为他心太细了,也因为他对自己的儿子几米爱得太深了,所以什么事都非得自己做了才放心。他换了衣服,把换下来的衣服卷了卷,放在楼下的椅子上。他在上边安装热水器的时候,几米他们五六个年轻人从外边进来了。他们一是要来喝喝茶,二是要说说他们的新歌《雪花》,这是一首应景的新歌,因为新年马上就要来了。他们都不知道几米的父亲在上边,但几米知道,几米一眼就看到了父亲的衣服在那里。几米上去看了一下,把食指放在嘴边,小声对他父亲说:"您别下来,他们坐坐就走,他们只不过想喝点茶,我也不会带他们上来。"几米知道父亲从不愿意别人看到自己这个样子,几米的父亲从来都不会穿着内衣在别人的面前出现。即使在自己的家里,也很少只穿着内衣走来走去。

几米又下去和他的朋友一边说《雪花》的事,一边喝加了糖的红茶。

几米的父亲继续在上边做他的事,但动作和声音都小了很多,是轻手轻脚。几米的父亲能听到下边的声音,拉椅子、说话、哼旋律。儿子几米哼旋律的时候总喜欢"嘣嘣嘣、嘣嘣嘣、嘣嘣嘣嘣、嘣嘣嘣",谁让他是鼓手。几米的父亲也挺喜欢架子鼓,他现在也知道了,架子鼓是整个乐队的灵魂,气氛都是从架子鼓那里打出来的。这句话是儿子几米说的,他现在记住了。几米的父亲一直很想找时间偷偷去看一下儿子他们的演出,但他只是想,一直没去过。几米的父亲做着事,尽量不发出声响,后来他去了一下阳台。为了安全,几米的父亲坚持把通向阳台的那道门也换了,换了金属防盗门,小偷就是上了阳台,也休想从外边进来。但让几米父亲担心的是新安的防盗门很容易一下子就从外边反关上,几米被关了一次,他去阳台上取东西,防盗门就一下子"砰"地关上了,好在家里有人,但几米还是大喊大叫了老半天。小陶也给关过一次,连楼下的人都听到了她的大喊大叫。她那次给吓坏了,其实也没什么,但人一到那时候就很害怕。有一次是几米给关在了电梯里,在饭店里,电梯走着走着就不走了,电梯里只几米一个人,几米吓坏了,马上大喊大叫。

几米的父亲轻手轻脚打开了防盗门去了阳台,这个阳台可真够大的,但几米的父亲坚持不把它包成阳台房,他准备在春天到来的时候在阳台上种些既能看又能吃的蔬菜,现在的菜价可真够贵的。几米原来还想把阳台包起来,他的想法是可以在上边晒晒日光浴。但不包也可以晒啊。小陶说。几米都已经想过了,和小陶两个人躺在阳台上晒日光浴,他很希望夏天赶快到来,为了这,他还希望有一把够结实的躺椅。

阳台上很冷,几米的父亲到阳台上去取一小块儿木板,只一小块儿就行。他找木板的时候,防盗门在他身后"砰"地响了一声,他愣了一下,抢了一步,但防盗门确确实实已经关上了。防盗门是新安的,所发出的声音很小。几米的父亲愣在了那里。十二月的天气,阳台上十分冷,几米的父亲往头顶上方看了一下,有星星,有猎户座,还有仙后座,他在几米还小的时候教过几米,天上的星座很多,几米现在就只认识这两个星座。

几米的父亲把耳朵贴在冰凉的防盗门上，想听听屋里的动静，想想该怎么办。但他什么都听不到，根本就听不到屋里下边的声音，几米父亲想只有用力敲门下边才有可能听到，但几米的父亲没有敲门，他想等几米的那些朋友离开后再敲。他抱着自己的肩膀又到了阳台那边，那边能看到旁边楼阳台的侧面，从这里，无论是谁，根本就别想从阳台爬到窗子那里然后再爬进屋子。他朝下又看了看，下边停了几辆小车。几米的父亲感到了冷。对面一个窗子里的灯这时突然关掉了。这家人睡得也有些太早了吧？几米父亲心里想。几米父亲又想到了放在楼下衣服里的手机，他想手机这时候要是能响起来就好了，儿子几米就会把手机悄悄送上来，然后就会发现自己在什么地方了。但下边的手机可能没响。几米的父亲看了看戴在手腕上的表，已经是九点多了。现在许多人都不戴手表了，但几米的父亲习惯了。

不知过了多长时间，几米的父亲听到了一声从下边传上来的关门声。他知道几米的那些朋友可能是走了，他们照例会在晚上演出之前各自回去准备一下。几米就要上来了。几米的父亲把耳朵又贴在冰凉的防盗门上，他觉得自己的耳朵此刻已经长了出去，一直长到了楼下，在捕捉着一切能捕捉到的声音。但他不可能知道几米和他的朋友们一道出去了。他们要庆祝一下《雪花》这支歌，他们的庆祝也只不过是去大排档点什么吃的。

几米的父亲一直听着，却听不到任何一点点声音。

几米的父亲又看了一下手腕上的表。

几米的父亲突然想起老朋友前不久送给自己的一对镀银烛台，是从国外带回来的。几米的父亲想好了,那对烛台就摆在楼下一进门的桌子上,一切好东西都是几米的。几米的父亲轻轻拍了一下门,又拍了一下。但他还是被自己的拍门声吓了一跳,但他又拍了一下,这一下重一些——"啪!"几米的父亲往那边看看,阳台上要是有通向屋里的窗户就好了,就可以打破玻璃进去了。几米的父亲又愣了一下,儿子几米要是哪天也被关在阳台上该怎么办?几米的父亲想,应该在阳台上放一把开防盗门的钥匙,放在只有他和几米还有小陶才知道的地方,到时候就不会出这种事了,但几米的父亲不知道应该把钥匙放在什么地方。他看到了那两个蒙着小棉被的花盆,花盆里种的是薄荷,前几天几米的父亲怕薄荷被冻死,就找了一条几米小时候用过的小棉被给它盖上,想不到这会儿小棉被有了用。几米的父亲把小棉被披在了身上。他想好了,到时候就把钥匙放在这两个花盆下边,谁也不会发现。几米的父亲紧靠着防盗门蹲下来,缩起来,这样会稍微暖和一些,也有可能听到下边的声音。被子太小,几米的父亲把脚往回缩,把身子蜷起来,阳台上真冷,刺骨的寒冷从背后升起来。几米的父亲忽然又跳起来,他想自己是不是应该喊一下,喊一喊下边的人,让下边的人给几米马上打个电话。几米的父亲披着小棉被到了阳台边上,因为几米住的这栋楼前边没有任何建筑,下面只是一个大操场,所以这个时间根本就不可能有人出现。几米的父亲甚至想到了自己应该怎么喊,当然不能喊"救命",也不能喊"老张""老王",只能"喂喂喂喂"地喊。一个大男人,在这种时候,在这种地方,"喂喂喂喂"地喊?几米的父亲马上打消了这个念头。再说就是喊,也未必会有人听到。

几米的父亲又看了看手表。时间一点一点地过去。

从外边回来的时候,几米一下子就看到了父亲放在那里的衣服,他对小陶说:"小点儿声小点儿声,我老爸。"几米用手指指楼上,"别惊醒他。"小陶没想到几米的父亲会没走,她小声对几米说:"要不我走?"几米说,这都什么时候了,再说我父亲早就知道咱们的事了,睡吧睡吧。几米和小陶晚上一般都不洗澡,他们总是回来得太晚了,他们也从不在晚上洗脸,他们也习惯了,他们一回来就会倒头大睡。这是过他们这种夜生活的人的通病,他们不能像正常人那样有条有理地生活,他们只能这样。演出的时候,他们的神经绷得实在是太紧了,说紧也像是不对,是音乐的节奏让他们每一根神经都活蹦乱跳。有时候,几米觉得自己的心跳都会随着架子鼓的节奏"嘭嘭嘭、嘭嘭嘭、嘭嘭嘭嘭、嘭嘭嘭嘭",不但是心,几米的两条腿都会那样,几米的每根神经都会那样。几米对小陶说,你摸摸我这地方,你看看我的心跳。那天小陶摸了几米,除了摸那地方还摸了一下别的地方,那时候他们已经爱上了。一般来说,每次演完他们的摇滚,他们都会坐下来喝点什么,让自己静静。到时候会有人给他们点酒,点歌的人不单单会把献来献去的花给他们再献一次,到他们歇下来,还会给他们点酒。乐队和歌手都有他们自己的粉丝,他们不愁没酒喝,他们会陪上给他们点歌点酒的朋友喝上那么一杯。他们演完总是喝点什么,让自己静下来,等待着疲倦的到来,然后再回去睡觉。几米和小陶这岁数,一旦躺下,马上就会睡着。几米的父亲很少会留在这里,也很少会睡在上边,小陶在的时候几米的父亲就更不会留下来。所以,睡之前,几米又对小陶说:"声音小点儿,别说话,去卫生间声音也小点儿。"他又用手朝上边指指。

几米这么说的时候小陶其实差不多要睡着了。

"别忘了我老爸在上边。"几米又说。

几米说这话的时候小陶忽然清醒了一下,但她马上又睡着了。

几米觉得自己现在是不是什么地方出了什么毛病,睡着后,脑子里还是"嘣嘣嘣、嘣嘣嘣、嘣嘣嘣嘣、嘣嘣嘣",只有一觉醒来后,这种声音才会消失。有时候,即使是和小陶做事,耳朵里也会"嘣嘣嘣、嘣嘣嘣、嘣嘣嘣嘣、嘣嘣嘣",每逢这种时候,几米和小陶都会笑起来。有时候几米和小陶一起出去,在大排档吃些什么,或喝红茶,几米的手都会不自觉地在桌上"嘣嘣嘣、嘣嘣嘣、嘣嘣嘣嘣、嘣嘣嘣"。有时候,坐在那里,几米的两条腿会一弹一弹,也会踩在这个点儿上。

几米的父亲听到了开门的声音,他脑子亮了一下,他看了一下手表,是后半夜三点多了。几米的父亲觉得自己是不是已经给冻住了,为了把身体缩得更小,他把两条腿盘起来压在自己的身下,就像和尚那样,然后把身子朝前缩起来。这样好像是好了一些,那个小棉被确实是起了一定作用,把后背几乎包住了。几米的父亲用了好大的劲才把身子舒展,他把耳朵贴在了冰凉的防盗门上,屋子里忽然又连一点点声音都没了,他希望听见儿子几米上楼的声音,他希望听见儿子走过来的声音,他希望儿子几米的脚步声一直上来,一下子停在防盗门这里,但屋里没有任何声音。几米的父亲刚才分明听到了下边的开门声,下边的防盗门是原来的门,几米的父亲也想过把它换一个新的,但工人们说要想把防盗门连门框都弄下来非得把墙拆掉一部分才可以,所以几米的父亲才打消了换门的念头。下边的这个老防盗门一开一关总是会发出很大的声音。

下边没有一点点声音,几米的父亲想自己是不是应该敲敲门,不是敲,而是拍,用力拍。但他马上又打消了这个念头,在这个时间,在这个地点。他又看了看手表,又在刚才的地方盘腿坐下来,那地方刚才已经被自己坐得不那么冰凉了,但现在又是冰凉一片。几米的父亲坐下来,再次把自己缩起来。阳台上的风很大,几米的父亲尽量往那个角落里缩。但他的耳朵已经无限地伸长到很远,伸长到屋里,伸长到楼下,捕捉着哪怕一点点从屋里传来的声音。有两次,几米的父亲实在是冷得再也受不住,站起来,在阳台上一圈儿一圈儿地疾走。他希望自己走动的声音能够引起人们的注意,但他就是不敢拍门,在这个时候,在这种地方。这时候的人们都在睡觉。

几米的父亲忽然听到了什么,一下子屏住了气,但他什么也没听到。

"要是几米被关到阳台上怎么办,像自己现在一样?"

几米的父亲想明天就把钥匙放在阳台上,就放在花盆下边。

几米和小陶也只睡了四个多小时,睡梦中的几米听见小陶在自己耳边说:"我该走了,别让你爸爸碰上。"小陶一说话,几米一下子就醒了,他差点忘了这事,要不是小陶醒来,他一定会睡到十一点。外边已经亮了,下边有汽车的声音传了上来。几米和小陶都把衣服穿得飞快。几米打消了再睡下去的念头,他想好了,他要和小陶先去"永和快餐"吃一份面,还要再来一颗鸡蛋和一杯牛奶。出门的时候,他和小陶尽量不发出任何声音,几米开门开得很轻,他用力把着门把手,再轻轻一送,这样一来,门会轻轻一磕,声音会很小。几米穿着他那件羊剪绒小皮衣,下边是一条黑牛仔裤。已经很多年了,几米总是喜欢戴墨镜,那种圆圆的小墨镜,其实是近视镜。

几米和小陶坐下来吃面的时候,几米的两条腿又动了起来,那节奏应该是"嘣嘣嘣、嘣嘣嘣、嘣嘣嘣嘣、嘣嘣嘣"。他和小陶都想好了,吃完早饭再去"那儿酒吧"找地方再睡一会儿,"那儿酒吧"就在离几米家不远的地方,有时候太晚了他们就会睡在那里。"那儿酒吧"地下室有八间屋子,还有床,整整一上午,不会有人打搅他们的,酒吧的服务生和他们关系都很好,老板和他们的关系也都挺好。再说也没有人会在上午去酒吧,几米和小陶可以去那地方睡个安稳觉。

接近中午的时候,几米的手机响了。有人看到几米发了疯一样往家里跑。

那之后,很长时间邻居们都没有听到几米屋子里的音乐,几米的音乐凝固了。

告诉你清明节我要去钓鱼

明天就是清明节了。

乔米和大治他们要休息三天,除了清明这一天的法定休息外,正好赶上了周六日,加在一起就是三天。几乎是所有单位都喜欢这么办,把三天时间连在一起让人们休息,让人们去玩儿,倒好像是他们给了人们什么大福利。人们也乐意这样,三天足可以出去玩玩儿了,比如说,去比较远的地方。

乔米说他想吃点东西,等乔米离开窗口去了厨房,大治也从床上跳了下来,对面楼的许多窗口果然都亮起了灯,这是很少有的事。窗台上放着乔米正在看的一本小说,还有乔米刚洗过的一双鞋,还在"滴滴答答"滴水。

这时乔米在厨房大声喊大治,要他过去,说这边楼的灯也都亮了。

他们都回来了。乔米在厨房里说。

我也有点饿。大治说。

乔米拿着一块放了好长时间的三角形蛋糕从厨房里出来,我看还能吃,乔米说,这还是上次剩的,都硬了。

大治就笑了起来,说,这你得想想办法,既然都已经硬了。

乔米也笑了起来。

你还不如泡个方便面。大治说。

我早吃烦了,乔米说,只要一想到方便面胃里就冒酸水。

待会儿咱们下去吃。大治说,来瓶啤酒。

小区外边有两家小饭店,早上卖面条和馄饨还有油条,中午和晚上有各种炒菜,腰花、肝尖儿什么的也都能炒,而且还炒得很好。

那两只猫也从厨房出来了,它们习惯了,只要一有人进厨房它们就会马上跟着去厨房。一只黑猫,一只虎斑,它们之间相差差不多有十岁。

乔米和大治合租这套房已经三年多了,三年前他们都找到了事做就来了。这个小区在城市的最南边,再往南就是那条著名的河,但现在河里边已经没有多少水了,小区的北边靠着刚开始运行没几年的高铁站,这你就会知道这个小区离市区有多么远了,所以乔米和大治没花几个钱就很容易地在这里租上了房。房子是两间卧室加一个客厅,当然还有厨房和卫生间,现在的房子都这样。因为这个小区实在是太偏僻了,所以这里的房子房租十分低,直到后来来了许多北京人,他们的出现让这个小区一下子热闹了起来,也卖掉了不少房子,不是七套八套,而是几栋几栋地卖。这让当地人都很吃惊,他们不知道北京人为什么会到这地方来买房子,而且一买就几栋几栋的,直到最近,还有人从北京到这边来买房子。这个小城离北京实在是太近了,高铁开通后只要一个多小时的路程。虽然这样,到了夜里小区还是黑乎乎的,一栋楼只有几户亮着灯。那些买了房的北京人根本就不住在这里,但年年清明他们都会回来一趟。

你说这些北京人都是些什么人?大治说。

谁知道他们都是些什么人!乔米说。

这时那两只猫开始叫了,它们今天还没有吃到妙鲜包。

叫得真烦人,你说她们养猫干什么?乔米说。

她们真不应该每人都养一只。大治说,合养一只玩玩儿也就够了。

如果咱们不帮着她们照顾,它们怎么办?乔米说养宠物不是什么好事。

大治说,猫能坚持一个星期,把猫粮和水给它们都放好,它们能坚持一个星期,但恐怕到时候要臭死了,盆里的屎也许会堆满了。

乔米笑了起来,那两个姑娘,她们居然叫这两只猫"老公",抱着猫不停地叫"老公",你说好笑不好笑?

真是太可笑了,把猫叫"老公"。大治又说。

乔米说的那两个姑娘也住在这套房子里。是这样的,乔米和大治租下了这套房子,但他们觉得他们俩住一间,另一间空着也是空着,所以他们就把另一间出租了,这样会减轻点费用,正好那两个姑娘当时也急着租房。她们是亲姐妹,是河南新乡那边的人,她们也乐意和乔米、大治合租,在微信上聊了几次,讲好了价钱,她们就每人抱着一只猫来了,她们抱着猫这间房看看,那间房看看,嘴里还不停地说,老公,你看看这间房怎么样？老公,你再看看这间房怎么样？搞得大治和乔米跟在后边忍不住哧哧直笑。这一晃都两年多了,乔米、大治和她们现在相处得还不错。有时候,他们还会在一起吃个饭,比如过这节或过那节的时候会包顿饺子吃,饺子皮是现成的,超市里可以买到,再买点儿肉馅儿,光肉馅儿还不行,还得再买些韭菜或芹菜什么的,小茴香也可以,问题是他们都喜欢吃这种馅儿的饺子,要不就是韭菜鸡蛋的。他们兴致来了有时还会来个火锅,这个料那个料,羊肉、鱼丸和其他各种菜也都会来一点,他们还会喝啤酒,总之他们相处得不错。

我们那地方清明节没女人什么事。乔米说。

一个地方一个样。大治说。

到坟上烧纸都是男人们的事,跟女人没关系。乔米又说。

她们也许是去别的什么地方玩儿了。大治说。青海昨天下雪了,挺大的。

有这种可能,但她们不可能去青海。乔米说,咱们明天做什么？想想看。

睡觉,我想睡觉,好好儿睡一个大觉,太累了。大治说。

待会儿我先洗个澡,身上都臭了。乔米在腋下摸了一把,放鼻子边闻了一下,又把手伸给大治。

你自己舔一下。大治说。

乔米就笑嘻嘻地把脚一下伸了过来,来来来。

大治把身子一闪,乔米趁势把脚放在了大治的腿上,人躺平了。

明天就是清明了,钱没挣到,日子过得倒真快。乔米说。

清明节没一点意思。大治说。

根本就不能叫作节。乔米也说。

只不过是一个节气,二十四个节气中的一个节气。大治说。

也没什么可吃的,乔米说,任何节日都离不开吃,只有清明节是个没什么可吃的节日,大不了吃个青团,青团有什么好吃,大不了蘸点白糖。

好在咱们可以睡懒觉。大治说,我可能会一直睡到明天中午。

睡觉没意思。乔米说。

大治说,待会儿我也把鞋子洗一下,平时没时间,还有两三条裤衩。

我刚才洗你怎么不说一声?我一块儿就给你洗了。乔米说。

那你怎么不问我一声?大治说。

其实咱们应该去钓鱼,去钓一天鱼,怎么样?乔米忽然坐起来,看着大治。

乔米有主意了,去钓鱼,如果能钓到几条大的就冻在冰箱里慢慢吃。乔米说,那个水库里的水真的要比去年多,小沟汊里还有很多的虾,用三角抄网就可以捞。虾这种东西刚捞到手你真不敢相信那是虾,以为会是什么水虫子,你肯定要过老一会儿才会明白那其实就是虾,就是这么回事,因为那虾太小太多了。

咱们去钓鱼怎么样?乔米又说。

大治却想起望远镜来了,他们出去钓鱼一般都会带着望远镜,但他此刻忽然想用望远镜看看对面的那些北京人都在做什么。这些北京人,他们回来过清明节,问题是清明节真没什么好过的。

大治对乔米说,望远镜是不是在她们屋里?我现在想看看那些北京人这时候都在干什么。

望远镜被她们那天拿去看花了。乔米说。

看什么花?

她们那天说要看迎春花。乔米说。

迎春花有什么好看,黄了吧唧的。大治说,望远镜的好处就是让你可以看到别人在他们的屋里做什么,但其实你想看到的场面一点都看不到,没人会把窗帘拉开让你看他们在干那个,你只可能看到他们在屋里走来走去或者是坐在电视机前一边打哈欠一边看那些无聊到不能再无聊的节目和电视剧。

说好了,咱们明天去钓鱼,行不行?乔米又说。

行吧。大治说,也许早就有人在钓了,长筒靴呢?

河水这几天该涨了。乔米说。

那条河,除了冬天,几乎天天都有人站在河里钓鱼。他们就那么站在水里,有人还会在水里放把椅子,坐在河里,一坐就是老半天。

你说这些北京人是不是也会去钓鱼?乔米问大治。

不大可能。大治说,清明节钓鱼还有点早。

这又没什么死规定。乔米说,咱们早点睡,明天早点起。

大治看着乔米,看着乔米的脚,乔米刚剪过趾甲,他的脚干干净净的。有时候,大治和乔米会互相给对方剪趾甲。第一次是大治踢足球扭了腰,弯不下身子来,从那时候开始,他们经常给对方剪剪脚指甲。

那只黑猫过来了,蹲在那里看着大治和乔米,它有点犹豫,不知道是该跳上来还是不跳上来。它一直犹豫着,黄眼睛可真好看,它等着乔米或大治的一个手势。

你说钓鱼最让人兴奋的是什么?乔米拍拍沙发,说,别人的兴奋我不知道,最让我兴奋的莫过于钓到一条大鱼时遛它,一直遛一直遛,一直把它遛到筋疲力尽再把它拉上来,那才让人兴奋呢。乔米就又说起他钓那条十多斤大鱼的事来了,这件事乔米对大治说过好多次了。但大治还是愿意听他说,还让自己装作从来都没听过的样子。

不会吧,十多斤,那该有多么大。大治说。

这么大,不,有这么大。乔米把两只手张开,再张开。

但愿你再钓一条给我看看。大治说。

明天也许会交好运。乔米说,又拍拍沙发。

那咱们明天就去吧,听你的。大治说。

那只黑猫跳上来了,用头不停地蹭乔米的手。

好,就这么定了。乔米把身子在沙发上侧了一下,让猫再过来点。这么一来,乔米也正好可以看到对面楼那边。

你说这些北京人都是些什么人?乔米回头朝那边看了一眼,说,他们真是太有钱了,买了房子放在这里不住,每年就回来这么一两次,你说他们会不会都是一个单位的人,这些北京人?清明节有什么好玩儿的。

我看不会吧,不过也许他们都互相认识,大治说。他站起来,说,望远镜呢?她们也许把望远镜放在厨房的抽屉里。又说,她们就是喜欢随手乱放东西。

大治噼里啪啦去了厨房,开始在厨房里乱翻腾,把什么弄掉地上了,哗啦,又有什么掉地上了,哗啦。大治忽然在厨房里大叫了一声,望远镜真的是在厨房里放着。厨房里边可真够乱的,望远镜就放在一进门那个放菜的塑料架子上,上边有两个生了芽子的洋葱头,几个土豆也生了芽子,还有一棵干了的白菜,她们总是把东西到处乱放。这其实谁都不能怪,他们都不怎么爱收拾这个家,因为这毕竟不是他们的家。现在好就好在乔米不再把那个东西到处乱扔了,有一次乔米把用过的那个东西直接扔在餐桌上,真够恶心人的。

外边院子里有什么叫了几声,是狗叫。

乔米这时也跟着噼里啪啦过到厨房里来了。他一到厨房,那两只猫就马上跟了过来。黑猫在前,虎斑猫在后,都竖着尾巴。既然要去钓鱼,乔米想看看明天钓鱼要用的那些东西,那些东西都放在吊柜里边,鱼竿放在吊柜的上边,只有那上边才可以放得下钓竿。乔米还打开冰柜看了看冻在那里的鱼饵。这还都是去年的东西,放在一个分成好几个格子的小塑料盒里。冰箱里还有半盒三角奶酪,大治这家伙挺爱吃奶酪的,喝茶的时候也要时不时吃一块儿。

乔米打开放鱼饵的盒子闻了闻,连一点味都没了。

别担心,化了就有了。大治说。

鱼的鼻子可灵呢。乔米说。

大治说一般鱼吃东西都靠眼睛而不是鼻子。

没有你这么胡说的,鱼还是靠嗅觉。乔米说。

大治踩着椅子把鱼竿从吊柜上取了下来。

乔米开始在那里理钓鱼线,理鱼线有个专门工具,把一头穿过去就行。

我们明天去钓鱼了。乔米说,差点忘了,还有草帽。

但愿别像上次那样什么都没有钓到。大治说,在这儿,这个是你的。

你说这些北京人会不会也去钓鱼?我希望他们也去钓。乔米又朝对面楼看了一下,对面的每个窗户现在几乎都亮着灯光,这真是少有的事。因为几乎每个窗口都有灯光,这真是可以用"大放光芒"来形容一下。因为那些北京人一年四季几乎都不回来,买了房子不住就让它们空着,只放放骨灰盒,这事其实乔米和大治早就知道了,小区里许多人都知道。

我先洗一下。乔米开始脱衣服,往沙发上扔,背心、短裤、内裤。

大治说,太光了,对面肯定看到了。

你以为人人都有望远镜吗?乔米说。

乔米去洗澡了。

大治开始趴在窗口用望远镜看对面的房子。

其实大治也只能从窗口看看对面的人在做什么。但对面窗里的人们几乎是没做什么,有人在屋里走动,手里拿着把扫帚,像是在扫地,有两个人坐沙发上好像在说话、抽烟还一边喝茶。因为屋子里根本就不住人,所以几乎每间屋子都显得很空荡,都没什么家具。乔米的望远镜是可以放大到五十倍的那种,这种望远镜总是让人有点晕,有时就不明白晃悠晃悠地对到了什么,得调老半天才能明白对到了什么。乔米慢慢对着焦调着,终于看清了,还是那张挂在墙上的照片,一张是个老头,一张是个老女人,照片下的桌上还放着两个盒子,看上去很精美,盒子前还放着一个小香炉,那种瓷的,香炉里插着香,香炉后边还有几个盘子,盘子里是水果、点心,还有酒,还放着筷子。但大治不想看这个,大治希望看到床,希望看到有人在床上做体操,但床上根本就没人。大治把望远镜又调了一下,他还想看看桌上的那两个看上去很精美的盒子。大治看清楚了,其实大治早就知道,那是两个骨灰盒子,只有骨灰盒子才会雕刻得那么夸张、那么琐碎。这让大治多少有那么点不舒服,因为没人愿意没事看到这么个盒子。乔米的望远镜又挪到另一个窗口了,屋里的那个人在看手机。那是个中年人,躺在床上,拿手机的那只手腕上还戴着一个什么串儿。乔米把望远镜挪了一下,跟着就又看到了墙上的照片,还在老地方挂着,照片上的一男一女都老了,可能是这个中年人的父母。照片下边是两个盒子,那还能是什么盒子?真是没什么意思。这时候那个中年人有了动静,从床上起来了,去了另一间屋,但很快又回来了,又躺到床上去了,继续看手机。大治希望能看到一点什么新鲜的东西,他把手里的望远镜朝着对面楼扫来扫去,因为大治他们住在六楼,所以他也只能看看对面的六楼和六楼下边的那几层。这下大治看到了,二楼那家比较热闹,够七八个人吧,正围着桌子吃饭,看样子挺热闹的。大治看得很清楚,他们肯定是要的外卖,一般外卖不会接这个地方的单,因为实在是离市区太远了。但这家人肯定是叫的外卖,而且是火车站的外卖。他们围着那张桌子,桌子上有许多塑料袋,里边当然会是食物,还有就是放外卖食品的那种带盖子的透明塑料盒子,这样的塑料袋子和盒子几乎放了一桌子,围在桌子边上的人看样子都吃得很起劲。他们一边吃还一边说着什么,大治开始在心里想他们从北京来可能开了几辆车,最少得两辆,也许两辆都不够。这时有一个人站了起来,把一个放菜品的盒子里的东西夹了一些放在一个小碟里,当然是那种塑料碟子,然后他把手里的碟子放在该放的地方了,也就是放在了他们旁边的那张桌上,桌上有照片,有香炉,里边还点着香,总之,是该有什么都有什么。当然还有两个骨灰盒,那个小碟儿就放在骨灰盒前边了。这些大治早都熟悉了。说实话真没有什么看头。

大治去了另一间屋,他想看看那边的那栋楼。

乔米这时候洗完了澡,一边擦一边从卫生间里出来了,浑身湿漉漉的,像大腿、肚子、胸脯、胳膊、腰、屁等股。乔米的身子既结实,线条又好看。

真应该先吃饭然后再洗,洗澡这种事是越洗越饿。乔米说他这会儿真饿了。他把手里的毛巾往茶几上一扔,开始穿裤子,抬起一条腿,伸进去,再抬起一条腿,再伸进去,他这么站着穿裤子的时候很稳很麻利。

你看到什么没?没什么吧?乔米问大治。

什么也没,咱们马上下去吃饭。大治说。

是吃完饭再洗才对,饿着肚子洗澡真不是个事。乔米又说。

明天你可以到河里去洗一下。大治说,只要你不怕冷。

我多会儿怕过?乔米说。

那你来个裸游。大治说。

啊呀,我真饿了,乔米说,但愿待会儿有熘肝尖儿、熘肥肠,就是不知道这时候的肥肠和腰子还新鲜不新鲜,我现在特别想吃这两样儿。

我也想吃。大治说。

乔米和大治噼里啪啦、噼里啪啦下楼了,院子里的灯已经亮了,平常这些灯是不会亮的,但今天晚上亮了。

乔米和大治一下楼就又听到了狗叫,汪汪一声,汪汪又一声。

有人在垃圾箱那边遛狗,一个人牵了三条,三条狗的意见像是不怎么合,有的要朝这边走,有的要朝那边走,直到主人开始放声大骂,那三条狗才马上都变乖了。狗的主人笑着对走过来的大治和乔米说,人其实和狗差不多,你不骂它它就永远也不会听你的。

说得好。乔米说。

你们干什么去?狗的主人问,他认识乔米和大治。

去吃口东西。乔米说。

你看那边地上有个烟灰缸,好好儿的一个玻璃烟灰缸。狗的主人说。

乔米和大治就看到那个烟灰缸了,就在路边,挺好的一个刻花玻璃烟灰缸。

可惜我不会抽烟。狗的主人说。

我们也不抽烟。乔米说。

肯定待会儿有人会去捡它。狗的主人说。

我想会的。大治说着,又朝那个烟灰缸看了一眼。这是一个很大的刻花玻璃烟灰缸,很大,怎么会被人放在这里?

乔米和大治往小区门口走的时候,狗主人也跟着往外走,那三条狗现在都变乖了,老老实实跟着走。狗主人忽然又开口了,他对乔米和大治说,你们想不想养一条狗?养狗其实很好。

乔米看了一眼大治,因为他听见大治问了一句,公狗还是母狗?

不是这三条,狗主人说,是小狗,是秀秀下了一窝小狗,都一个半月了。

秀秀?什么秀秀?大治说。

狗主人指指其中的一条狗说,这条就是秀秀。

大治就哈哈哈哈笑了起来,我还以为是个人呢。

要不你们就挑一条吧,最好挑条母的,男人要养母的,女人要养公的,一般都是这样。狗主人说。

我们不养狗。乔米想要笑,他似乎想起了什么,但他忍住了。乔米对狗主人说,家里有两只猫,已经足够了。

大治却在一边大笑了起来,母狗好,好处多多。

那你们就来挑一条好不好?狗主人有点兴奋,他希望有人尽快把那些小狗弄走,那些小狗真是让人烦死了,不停地叫,不停地吃。

狗主人一直跟着乔米和大治到了小区旁边的饭店门口。

要不你跟我们喝一口?乔米说,这纯属客套话。

秀秀,秀秀,你老是生,你不停地生,你害死我啦。狗主人不知为什么开始大骂那条叫秀秀的狗。那条叫秀秀的狗不知怎么挣脱了狗绳,朝小区里边一溜烟地跑。另外两条狗也拉着狗主人往小区里边跑,两条狗的劲不算小,绳子绷得可真够直的,这让乔米想到了阿拉斯加的狗拉雪橇。

乔米和大治站在小饭店门口大笑了起来。

你们笑什么呢？看你们这样笑。小饭店老板和乔米和大治都很熟，他从小饭店里探出头来，对乔米和大治说。

有肝尖和肥肠没有？我们饿了。乔米和大治几乎同时说。

还要啤酒。乔米说。

冰镇的。大治说。

吃完饭回去的时候，乔米和大治又看到了那个很大的玻璃烟灰缸，在小区的道边静静地躺着，棱棱角角的地方反射着光，就好像它真是个什么宝贝似的。

蕾丝王珍珠

很少有人能够走进王珍珠的房间,好多年了,几乎没有人进去过。

王珍珠很少和人们来往,住在这个小区的人都知道有这么个人存在,仅仅如此。有时候,人们在院子里碰到她,会彼此点点头,也就仅仅如此。王珍珠已经三十五了,这个岁数的女人不算小了,是既不迷人也不会太让人讨厌的那种,也就仅仅如此,人们记着前几年她还和一个男的经常出现在小区里,那个男人不丑也不帅,敦敦实实的,像个踢足球的,和她倒是很般配。现在却不见那个男的了,只剩下了她一个人,也仅仅如此。人们不太在意她,这可能跟她的性格有关系,她不怎么和人们来往,她好像也没有工作,她说话很低很慢很有礼貌,她喜欢穿各种带黑蕾丝边的衣服,人们知道的也就这么多。但有一天忽然出事了。

工人进去的时候吓了一跳,被房间里的景象。

怎么说呢,房间里到处堆满了各种垃圾,人们无法把脚迈进去,这间屋是这样,另一间屋也是这样,还有一间屋同样是这样。还有厨房和卫生间,地上都堆满了一两尺厚的垃圾,这些垃圾不知道待在屋子里有多长时间了,大多是塑料袋子,还有快餐盒子,或者是半个面包,或者是两个干巴的苹果,都已经发了霉,或者是别的什么食物,比如地上有黑乎乎像手套的那么个东西,仔细一看,原来是烂香蕉,早就不能吃了。怎么说呢,屋子里的垃圾多到一层摞着一层,所以人们根本看不清到底都有些什么东西,人们要想进到这样的屋子里去,第一件事就是要想好怎么下脚,怎么把脚慢慢探进去,找到下边的地面而又不至于踩着什么。进到屋子里的人都会想,这屋里的垃圾是怎么回事?这屋子的主人是怎么回事?问题是,房子在往楼下漏水,进到屋子里来的维修工是小区物业的人,一个瘦瘦的中年人,眼睛很大,可能是因为瘦眼睛才显得大,他很快就找到了水管漏水的地方,原来是厨房的一条水管破了,他很快把阀门关好,把该换的一个弯头给换了,这下好了,水不再漏了。问题是,水已经漏到了楼下,好在漏得不是那么厉害,只是不停地从楼下那家人家客厅的天花板上的灯里往外滴水,好在那盏灯没出什么事,比如说连电,闪几下火花就断了电,或者是爆炸,啪的一声灯泡爆裂,到处是玻璃碎片。楼下的主人是一个老太太,是个很善良的人,信佛的人一般都很善良,她的毛病只在于她几乎什么也听不到,你要想让她听到就必须把嘴对着她的耳朵大声说,像吵架那样,她或许才会听到一句半句。和她住在一起的女儿是个书法爱好者,而且日渐发胖,她每天都要写字,所以客厅的那张大桌子就成了写字的地方。上边放了不少纸,还有墨,当然还有笔筒什么的。过年的时候,她给自己家写的对联现在还贴在门上,说不上好也说不上不好,有一联已经快要掉下来了。因为是对联,所以既不会有人把它撕下来。也不会有人把它重新再贴一贴。

那个工人不停地打着喷嚏,修好水龙头就离开了,他觉得奇怪极了,他从来都没见过哪一户人家里会到处堆满垃圾。几乎每间屋子里都堆满了垃圾,而且那些垃圾都堆到人们的半腿高。要想在这样的屋子里走路,就必须像在深水里蹚水一样蹚来蹚去。

你应该收拾一下了。工人说,仰起脸,一个喷嚏。

王珍珠什么话也没说,不说话。

找人来收拾也花不了多少钱。工人又仰起脸,又一个喷嚏。

王珍珠还是不说话,她在他身后把门轻轻关上了,轻轻的。

真是有病。小区的维修工站在走廊里自言自语又说了一声,抬起头对着光张了张嘴,这个喷嚏终究还是没有打出来,这让他很难受。

你们楼上的邻居是个病人。

那个维修工又下了楼,敲开了下边那户人家的门,他要看看楼下那家人的情况,还漏不漏水,还有没有什么问题。老太太的女儿不在,只有老太太在家。

老太太根本听不清他在说什么。

你们楼上住了一个病人。工人又说,是个病人。

老太太还是听不清他在说什么。

这下保证不会再漏了。

工人又仰起脸张了张嘴,还是没把那个喷嚏给打出来。

记者上门大约是一个月之后的事了,是两名记者,一男一女。但是他们无论怎么敲都敲不开王珍珠家的那扇门,他们都知道王珍珠就在里边,他们都听到了里边唰啦唰啦的动静,但王珍珠就是不开门。之后他们便进行了留守,他们在小区里留守,他们相信王珍珠肯定会出来走动,或者是去超市买点什么生活用品,或者是出来透透空气。作为一个大活人,她总不能老是在屋里待着,出去活动活动是必须要做的事情。他们终于等到了她。

这天王珍珠出来吃早餐了,脖子那地方一圈儿黑蕾丝,手腕儿那地方又是左右各一圈儿,裙子下摆那地方又是一圈儿。虽不漂亮,但很别致。

这个小区,最近大半年一直在搞小区改造,就是要把一栋一栋的楼都重新粉刷,把楼顶的瓦也要换一下,小区院子里的地面都也已经做完了,旧的地砖全部揭掉,换上了新的地砖。但因为改造,过去长在小区里的老树有不少被连根刨了,据说要种上品种更好的树。即使这样,小区里的人们还都是很不高兴,只有到了这种时候他们才知道,原来自己跟那些老树还是有感情的。小区改造可以说是接近尾声了,这几天正在换楼顶的瓦片。王珍珠每天都可以从窗里看到那两个吊车,很大的吊车,慢慢转动着,把旧瓦从房顶上运下来,再把新瓦运上去。把和好的泥运上去,然后再往上运和好的水泥沙子。是一层泥,一层水泥沙子,一层瓦。王珍珠没事就站在窗口的窗帘后边看吊车,看那些从河北过来的民工,他们每天都会按时爬到楼顶上去,天真热,天天都是大太阳。他们每人拎着一个很大很大的塑料水瓶子,时不时地要喝一口。她真为他们担心,怕他们一下子站不牢会从上边掉下来。但他们一个一个都没事,他们在房顶上来去自如,天气真是热,也不知道他们热不热。因为长年劳作,他们的身型都特别好,特别结实。王珍珠特别注意到那个总是会从裤袋掏出个对讲机和吊车师傅说话的民工。这是一个年轻人,穿着一条迷彩裤,上边是一件白色的T恤,因为站在楼顶上,风猎猎地吹着他,风让他的体型显得那么健壮好看,肩是肩腰是腰,该突出的地方都突出着,该凹的地方都凹着。

这些民工,早上也要到小区门口的小饭店吃早点。

王珍珠来吃早点了,她坐在了那里,她用手捋捋她衣服的蕾丝领子,她会时不时捋一她的蕾丝领子,不让它们翘起来。

那些民工聚在门口,在呼噜呼噜地吃面条,就着那盆黑乎乎的免费咸菜。

吃早点的时候,王珍珠会点包子或油条什么的,或者来碗豆腐脑或馄饨。

记者就在这时候来了,他们突然就坐在了王珍珠的面前。

他们只对王珍珠说他们什么事也没有,他们只是想看看,看看她的生活。因为他们记者的工作就是对一切都要有那么一点兴趣,或者还要给当事者那么一点帮助,如果对方需要的话。

太阳现在还不那么热,洒水车从外面街上过去了,湿漉漉的味儿。

有人在外面的那棵树下,把一条腿搭在了树干上,是在晨练,样子可真够难看的。又有一个人过来了,也一下子把腿搭在了树上。

找我做什么?王珍珠对这两个记者说。

当然,你如果有什么事需要我们帮忙就更好?男记者对王珍珠说。

也许是这句话打动了王珍珠,她答应了,这简直让人想不到。

只要不把你们吓着就行。王珍珠说。

那怎么会?男记者说。

其实我已经死了。王珍珠说。

您真幽默。女记者说。

真的。王珍珠说,我差不多已经死了有好几年了。

两个记者,一男一女,一时都不知道该说什么了,一般人听了这种话都会不知道应该怎么把话往下接,问题是,很少有人说自己已经死了或者是自己已经死了好几年了。这算什么话?

然后,两个记者就跟着王珍珠来到了她的家。

吊车在转着,把什么吊了起来,是一个铁皮斗,斗里是什么?

记者已经从小区的人们那里知道了王珍珠的情况,但门一打开,他们还是被吓了一跳,怎么会?屋子里怎么会有这么多垃圾?怎么会?天啊,怎么会?这是人住的屋子吗?这应该是垃圾场,进到这样的屋子里就等于一头钻进了垃圾场,屋子里还弥漫着一股发霉的味道,那种让人很不舒服的味道。

请进请进。王珍珠说,已经把腿迈进去了。

那两个记者真不知该怎么进到屋子里去,但他们还是跟着也进去了,先把脚探进去,踩到地面了,再把另一只脚慢慢跟着踏进去,又踩到地面了。如果踩不到地面,他们会用脚把脚下的东西一下一下弄开,然后再迈下一步。他们站在了齐膝盖深的各种垃圾里。

接下来,他们想要把每个房间都参观一下。

请你们随便看。王珍珠说。

王珍珠说,家里看上去虽然有点乱,但没老鼠。

许久没有收拾了啊。记者说。

跟你说我已经死了有好多年了。王珍珠说。

两个记者又互相看看,好在这不是晚上,好在外面那个吊车正在发出隆隆的起重声,正在把一斗水泥往房顶上吊送。两个民工在上边接着。

说到这个蕾丝王珍珠,小区里的人,谁都说不清她是个正常人还是一个不正常的人。几年前,人们还经常见到她和男朋友在院子里出来进去,人们还知道她居然和她的那个男朋友是同年同日同一个时辰生,因为王珍珠不知道把这事对多少人说过,这可太少见了,也太巧合了,一般人很难有这种巧合,因为这种巧合,王珍珠和她的男朋友就觉得自己和对方特别有缘。怎么就可以这么巧呢?这多少让他们都有些激动,然后他们就在一起了。和其他所有的情侣一样,他们一开始相约见面,然后是去吃点什么东西,星巴克、肯德基。然后是去什么地方玩儿,北戴河、避暑山庄,在外面玩儿的时候他们虽然住在一起,却没什么实质性接触,因为据说宾馆的房间里到处都有摄像头,这让他们很是别扭。

他们的第一次,刻骨铭心的那个第一次,是在王珍珠的家里。那一年的夏天真是特别热,南方发了很大的洪水,汽车被大水冲得到处漂浮,电视里几乎天天都在报道这件事。那天他们先是提心吊胆地看了一会儿电视,然后开始洗澡。是王珍珠的男朋友先要洗,他刚刚踢过球,天气又实在是太热,他又走了很远的路才来到了王珍珠这里。他洗澡的时候,王珍珠就轻手轻脚地进来了,然后是他们在一起洗,互相打浴液,互相抚摸,后来就一起躺在了那个浴盆里,抱在一起了,然后,该做什么都做了。

在后来的日子里,他们真是十分喜欢在浴盆里做那件事,在水里,他们觉得自己像鱼,挤着,抱着,摞着,水花四溅且波浪起伏,实在是太刺激了,水让他们像孩子一样,浴盆空间不大,所以又让他们亲密得不能再亲密。乃至他们后来一旦上了床,反而显得没一点意思。浴盆太好了。

后来,他们就同居了,收拾了一下屋子,买了两盆花。

他们那一阵子形影不离,双出双进,有时候还打羽毛球。

小区南边的健身区有个秋千,人们常常还可以看见蕾丝王珍珠和她的男朋友坐在秋千上荡来荡去。后来人们还知道了王珍珠的男朋友是从外省过来的,小时候就出生在这个城市,一岁上跟着父亲离开了,因为他的父亲和他的母亲离异了,他随父亲去了重庆,所以说他可以算是个重庆人。他跟着父亲长大,后来有了继母,继母对他也很好。他的父亲和继母一直生活在重庆。但他知道了自己出生在北方的这个著名的小城,他于是回来了,但这个城市的变化实在是太大了,他想找到他的出生地,那个叫作"七佛寺"的地方,那应该是个寺院,但那个七佛寺早就不在了,只存在着一个地名而已。

他虽然找不到他出生的地方,但他认识了王珍珠。

王珍珠那时候在星巴克做服务员,也就是给客人端端茶、倒倒水,走过来,走过去,把蛋糕和咖啡送到客人那里,再把用过的杯子和盘子收走。她和她男朋友还有个十分相像的地方,那就是她从小就没了父亲,她母亲对她说她父亲死了,她一出生他就死了,但她能隐隐约约感觉到母亲对父亲的仇恨。

这一天,有人对王珍珠的男朋友说话了,咦,那个服务员怎么有点像你?

店里的人也对王珍珠说过这种话,咦,那个常来的怎么有点像你?

就这样,他们的心里就都有了,但有了什么又说不清,说不清是好感还是别的什么。有一次,王珍珠端着一个托盘从她的男朋友旁边走过,她没看到自己的鞋带散开了。这样走下去不小心会踩着自己的鞋带,弄不好会把自己摔一个跟头。

你的鞋带开了。王珍珠的男朋友说,那时候他们还不能说是朋友。

接下来发生的事情就让王珍珠感动了,因为她手里端着托盘,她没法给自己系鞋带,结果是他弯下腰帮她把鞋带系好了。

那之后很长的一段时间里,她只要一闭上眼睛,就好像总是看到一个画面,一个男人正蹲在那里给一个女的系鞋带。之后,他们便开始了说话,开始了约会。说来也真是奇怪,他们做什么都有共同的兴趣。比如,他们居然都喜欢蓝颜色,比如,他们还都是左撇子。

王珍珠的屋子里已经很长时间没有来过外人了,要说有人来过,那天的维修工算一个,再就是他们两个,男记者和女记者。

王珍珠带着记者在她的屋子里参观,也只能说是参观。

让两个记者想不到的是王珍珠还比较爱说话。其实王珍珠已经有好长时间没这么说过话了,她能和谁说话呢？她和电视机说话,和电视里的人,其实电视里的人是在跟电视里边的人说话,王珍珠只不过是插嘴,左插一句右插一句,怎么说呢,是别样的热闹。王珍珠几乎天天都要看的那台电视机,怎么说呢,现在几乎被埋在了垃圾里,电视机的两边和上边都是快餐盒子和塑料袋子还有别的什么。这些垃圾先是在电视机两边一层一层乱七八糟地摞起来,越摞越高,然后电视机上也被放上了各种塑料袋子和塑料盒子。这样一来呢,电视机就给埋在了这些塑料垃圾里边,但这并不影响王珍珠看电视。电视机对面是一个双人沙发,沙发上的布面已经很破旧了,毛了,都看不出原来的颜色了,上边也都堆满了各种垃圾,但还是可以看出有一个可以坐人的地方,王珍珠平时就坐在那里,那地方有点塌陷,但正好可以让一个人坐在里边。

你平时看电视吗？记者问王珍珠。

看啊。王珍珠说,可惜现在看不到《动物世界》了。

《动物世界》真好看。记者说。

别的没意思,王珍珠说,我不看别的,别的不好看。

记者这时候注意到电视机旁边的那个茶几上有个啤酒瓶子。

你还喝啤酒？男记者说。

你听我解释一下。王珍珠说,伸出手,这是他的啤酒。

两个记者不知道这个他是谁,他们忽然觉得这也许很有意思。

我们没听懂,他是谁？记者说。

他死了。王珍珠很平静地说,但他没喝光他的啤酒。

男记者的目光一下子就停留在那个啤酒瓶上,果然啤酒瓶里还有酒。

我把啤酒瓶盖给盖上了,打了蜡,王珍珠说,所以啤酒瓶里的啤酒到现在还在。王珍珠把那个啤酒瓶拿过来让记者看,啤酒的盖子上果然打了蜡。

他最喜欢啤酒了,他总是不停地喝。王珍珠又说,有时候就点花生米。

女记者看到茶几上有放花生米的袋子,里边还有几颗花生米。

王珍珠又把什么取了过来,是一个小碟子,小碟子被一层塑料布紧紧蒙住了,但还是可以看到里边也是几粒花生米,好像是发了霉,发绿了。

这都是他吃剩下的。王珍珠说,还是原模原样。

两个记者心里忽然有一阵感动,他们都不知道说什么好。

他喜欢一边喝啤酒一边吃花生米。王珍珠说。

泡澡的时候他也会喝。王珍珠说。

看电视的时候也会不停地喝。王珍珠说。

王珍珠说话的时候,好像完全不管别人听与不听,她只管说她自己的。

我们有一个共同的朋友。王珍珠说,这个朋友会经常给我们寄来他们新昌的那种小花生米,我们的这个朋友叫丁小祥,他们那里的那种小花生米真是不起眼,真是不好看,瘪瘪的,但真好吃。后来我不让他寄了。

我对他说我也死了,没人吃了,不要寄了。

你真幽默。男记者笑了一下,又说。

那他还寄不寄?女记者问。

寄,每年照样寄。王珍珠说。

王珍珠开始在电视机旁边找什么东西,她把堆在那里的塑料袋子和塑料盒子翻来翻去,终于找到一个袋子,她把那个袋子拎了起来。

这就是他给我们寄来的花生米,里边还有好几袋。

你怎么会对你的朋友说你也死了呢?男记者笑着说。你这不是活得好好儿的吗?你的蕾丝真漂亮,蕾丝跟你很配。

王珍珠用手摸了摸袖口的蕾丝,又摸了一下领口的,也笑了起来。

我已经死了,他一死我也就死了。

王珍珠把手里放小花生米的袋子放下了,是随手一丢。

这么多东西,你想找什么能找得到吗?男记者问。

在这儿。王珍珠一伸手,又把什么拿在了手中,是半袋榨菜。

这也是他吃剩下的。

王珍珠把那半袋榨菜举起来看了看,又随手一丢。

这都多少年了。王珍珠说,忽然又想起了什么,站起身去了另一间屋。

两个记者也跟着站起来,跟着她,在垃圾里蹚着走。

王珍珠在那间屋里说,可惜灯泡坏了。

我们看得到。男记者说。

他最喜欢黑猫了,我给你们看看他的黑猫。王珍珠已经从里边出来了。

接下来,两个记者被吓着了。

王珍珠手里拿着一件东西,只能说是一件,是一个塑料袋,不小,真空的,也就是说这个塑料袋里边的空气都被抽掉了,而里边,是一只猫,黑色的死猫,不小,四肢伸直了的,像是在睡觉。

啊呀。女记者几乎是尖叫了一声。

她看清楚了,那真是一只黑猫,只不过像是比一般猫瘦,伸着四肢,个头不小,闭着眼睛。王珍珠用两只手把它托着,像是想让谁把它接过去。女记者往后退了一步,这么一来,她差点被脚下的垃圾绊倒,男记者扶了她一把。

王珍珠又把手里托着的猫转向了男记者,好像是想让他接过去。

这又不可怕,它很乖。王珍珠说。

男记者也往后退了一下。

我也有点怕猫。男记者说。

他最喜欢这只黑猫了。王珍珠把装在真空塑料袋里的猫往胸前抱了抱。

它十五岁了。王珍珠说。

什么?十五岁了?男记者吃了一惊。

它跟了他十五年,他去什么地方都带着它。王珍珠说,它去过新疆。

看样子,王珍珠想讲一讲这只猫的事。其实也没什么好讲。说它有一次丢了,离家半个月忽然又回来了。后来又丢了,但离家够两个月又回来了,这多少有那么点传奇了。记者想听听王珍珠讲讲猫的事,也许有什么更离奇的事,离奇的事当然和它的主人分不开,但王珍珠又不讲了,她又把这只猫抱了回去。

我想那只猫已经干了。男记者小声说。

不会吧。女记者说自己刚才有点想吐了。

我看差不多会干。男记者说。

问题是密封了,怎么会干?女记者说。

对,密封了就不会干了。男记者说。

不干才可怕。女记者说。

这时候,王珍珠又从那间屋里出来了。

他太喜欢他这只黑猫了。王珍珠说。

他说过还想养一只。王珍珠一下一下从地上的垃圾里蹚过来。

你们不知道它有多么乖。王珍珠说。

记者接不上话了,他们不知道应该怎么说猫。

因为他喜欢猫,我也就喜欢上猫了。王珍珠说,你们看看他,不少人都说我们两个长得很像。你们看像不像?

于是,记者便看到了王珍珠男朋友的照片。说是她男朋友的照片,其实是他们两个人的合影照。照片上的王珍珠比现在要年轻好多,她开心地笑着,从后边紧紧搂着她的男朋友。她的男朋友和她长得确实十分像,可以说太像了,也在照片里笑着。照片不大,放在一个花边塑料相框里,相框的周围是几朵小花儿,可以看得出这几朵小花是刚放上去的,还没枯萎,是几朵黄色的雏菊,小区里种了不少,这种花特别能开,会一直开到冬天到来的时候。小相框就放在电视机旁边的那张小桌上,如果不是王珍珠要他们看,他们谁也不会注意到桌上的垃圾里还有这么个相框。旁边还有一只烟灰缸,烟灰缸里也放着几朵黄色的雏菊。

就在这个沙发上拍的,用手机架子,我们自己拍的。王珍珠说。

记者看出来了,照片里的沙发,还有沙发后边的那幅油画风景,画上边画着海浪、乌云、轮船。

记者回头看了一下,看看沙发上方墙上画框里的海浪、乌云、轮船。

我们在北戴河买的。王珍珠指着墙上那幅油画风景。

那年我们去北戴河了。王珍珠说,还有一个左旋螺,你们看不看?

要不要看一看?王珍珠又问了一句,她站起身,征求他们两个的意见。

什么是左旋螺?女记者还真不知道什么是左旋螺,她想看一看。

王珍珠比画了一下,说,一般螺都是朝这边,左旋螺是朝这边。

朝这边还是朝那边?男记者比画着。

螺尾巴如果朝前就朝这边,螺尾巴如果朝后就朝那边。王珍珠说。

螺尾巴朝这边,螺尾巴朝那边。男记者弄不清了,笑了起来。

一万个海螺里边也许只有一个左旋螺。王珍珠说。

一般螺都是朝这边,左旋螺是朝这边。王珍珠又比画了一下。

王珍珠这么一说他们就更想看了,也更弄不清了,这边那边,那边这边。

他们在地上的垃圾里蹚着走,跟在王珍珠的后边,唰啦唰啦、唰啦唰啦。卧室在走廊最里边的右手,也就是南边。走廊最里边的墙上挂着一个比较大的镜框,里边又是王珍珠和她的男朋友的照片,两个人都光着脚,他们身后是碧蓝的海水,还有远处白白的海浪,他们当然是站在海边。

这是北戴河。王珍珠说。

我去过。男记者说,晚上还看到了一条蛇。

我也去过。女记者说。

卧室的门被王珍珠慢慢推开,一阵灰尘腾了起来。卧室里边的垃圾更多,门被推动的时候,里边地上的垃圾被推挤得堆了起来,然后又倒了下去。记者看到了床,床淹没在垃圾之中,床上也堆着各种衣物和垃圾、各种鞋盒子,还有两个拉杆行李箱,其中一个打开着,可以看到里边有一只鞋子。

这张床应该很长时间没睡过人了。

你晚上就睡在这里吗?女记者问。

我睡在别处。王珍珠说。

王珍珠说,现在已经不习惯一个人睡这么大的床了。

王珍珠一踣一踣地蹭过地上的垃圾来到了床的另一边,她用手在靠窗的那边床上摸,一摸两摸就把一个海螺摸到了手中。

我也没想到左旋螺会是这么漂亮。王珍珠说着,把手里的螺递了过来。

这是一枚颜色苍白的螺,上边有虫子噬过的一道一道的痕迹,可见这个螺在海底待了有多少年。它太苍白了,上边几乎没有一点海螺应该有的那种漂亮条纹,这也许才是左旋螺。

太漂亮了。女记者找不出别的什么话来了,其实她也觉得这个左旋螺不怎么漂亮,太一般了。

不能说是漂亮,男记者说,应该说是古老,太古老了,首先是古老。

既古老又漂亮。王珍珠说,有点激动了。

左旋螺有什么用?男记者想换个话题。

海在里边,你听一下。王珍珠说。

怎么听?女记者说。

放在耳边你就可以听到海的声音。王珍珠说自己以前也不知道,是她男朋友告诉她的,海螺里都是海的声音。

大海的声音,你听一下。

啊,天哪。女记者几乎是尖叫,她感觉到了,她又换了一个耳朵。

天哪。女记者又尖叫了一声。

男记者想说什么但没说,他想说,几乎所有的海螺里都可以听到海浪的声音,但你可以说那是海浪的声音,也可以说那是空气回流的声音,随你怎么理解。

我现在已经不敢听了。王珍珠说。

为什么?女记者把左旋螺还给了她。

我现在听到的都是他的声音,里边都是他的声音。

他的声音?女记者看着王珍珠。

是,里边都是他的声音。王珍珠说,他的声音。

两个记者都不说话了,看着王珍珠,看着她转过身又朝床那边走去。

我好难过。女记者忽然小声对男记者说。

男记者没说话,他也觉得自己挺不好受。

王珍珠已经又一踮一踮地蹬着地上的垃圾把左旋螺放了回去,放在双人床靠窗的那边,卧室里的窗帘拉着,所以光线有点暗。别的屋里的窗帘也拉着,光线也都有点暗,因为拉着窗帘,这样一来,对面房子里的人就看不到这边屋里的情况了。

我不可能再在这张床上睡觉了。王珍珠说,用手拍了拍什么。

记者这才看到床上还有一个很鼓的四方枕头,圆鼓鼓的方枕头,枕头上插着不少木棍,木棍上有不少线轴,线轴上边都是黑线。

那不应该是枕头,那是什么?男记者问。

王珍珠把那个鼓鼓的方枕头抱起来拍了一下,又把它放下来。

这是编蕾丝用的棉包。他以前在蕾丝厂做了五年,天天编蕾丝。王珍珠说,他是在加拿大学的编蕾丝技术,他在加拿大学了整整一年。

你说你男朋友是编蕾丝的?女记者说。

他都可以编一整条裙子!王珍珠说,他编过。

我以为蕾丝只有花边。男记者说。

怎么会只有花边?王珍珠说。

男人编蕾丝?女记者说。

对,好蕾丝都是男人编的。王珍珠说。

好裁缝一般也都是男人。男记者跟着说。

蕾丝是国外的。王珍珠说,但后来他不做了,因为蕾丝的出口业务停了,他们也就都没事了,但他没事还编,只给我一个人编。

他手真巧。王珍珠说,用手摸了摸袖口的蕾丝,又摸了一下领口的蕾丝,笑了一下,我已经死了,他一死我也就死了。

你别这样说。站在卧室门口,男记者转过身说。

他又踢足球又编蕾丝。王珍珠说。

真好。男记者说。

他很喜欢他的猫,带着它去新疆。王珍珠又说。

真好。男记者说,心里很难受。

这时候女记者开始打喷嚏,打了一个又打一个,过了一会儿又张开了嘴还想打。打喷嚏好像会传染,男记者跟着也打了一个。所以他们不能再待下去了。

时间也不早了,我们还有一个采访。男记者对王珍珠说。

好吧。王珍珠忽然又小声说,你们不想看看我现在晚上睡在哪里吗?

为什么不?男记者说。

咱们看看。女记者说。

王珍珠用手摸了摸袖口的蕾丝,又摸了一下领口的蕾丝。她把它们将平,不让它们翘起来,刚才说话的时候那些蕾丝有些翘了。她一边用手将着蕾丝一边走,在垃圾里一蹚一蹚地走,记者跟在她的后边。然后他们就来到了卫生间,卫生间紧挨着厨房,卫生间里也是垃圾,各种垃圾,齐小腿深的垃圾。这个卫生间还不能算小,一进门是个洗漱台,洗漱台上是大大小小的各种瓶子,还有一卷一卷的卫生纸。墙上是镜子,镜子很久没有擦了,乌黑的。洗漱台对面是一个白瓷的抽水马桶,抽水马桶往里过去一点点是个澡盆。这是一个老式澡盆,不能算小,可以说还很宽大,老式的那种。

一刹那,两个记者都有些吃惊也马上明白了。

澡盆里是被子和褥子,乱放着两件衣服,一个枕头压在衣服下。

被子和褥子下边还有什么？还有什么？

我就睡在这里。王珍珠说。

只有在这儿我才能睡着。王珍珠又说。

怎么回事？男记者突然说，他看着王珍珠，不知道自己怎么会这么提问。

我也不知道自己是怎么回事，我只知道我也死了。王珍珠说。

不会！男记者说。

这时候，王珍珠已经把一进门墙上的布帘拉开了，一下，一下，又一下，全部拉开，把墙上的那个布帘全部拉开。

天哪！女记者叫了一声。

布帘被拉开，男记者和女记者看到了墙上的蕾丝，每一片蕾丝都被绷在硬纸板上，挂在墙上，整整一堵墙，上面挂满了各种形状的蕾丝，都是清一色的黑色蕾丝，各种宽宽窄窄的蕾丝，还有三角形和正方形的蕾丝。在这些蕾丝中，最醒目的还是那件蕾丝长裙：大翻领，蕾丝的；宽大的下摆，蕾丝的；袖子，那种花朵袖，蕾丝的。一件完整的蕾丝长裙。

他给我编的，给我编的。王珍珠说，给我编的……

卫生间里有一个很小的狭长的窗户，从窗户里可以看到外边的吊车长臂正在慢慢移动，吊斗里不知装着什么，慢慢慢慢、慢慢慢慢移动着。

明年没有夏天怎么办

那是前几天的事了,有人来敲门,是一位老妇人。孟冬像是在什么地方见过她,但一时又想不起来,问题是,孟冬想知道她有什么事。

孟冬微笑地看着她,等着她开口。

老妇人探头朝孟冬的屋里看了看。

刚才孟冬正在厨房里收拾水管,弄出了很大的动静,不小心把一个储物桶给碰翻了。他是想把冰箱挪一下地方,因为冰箱靠住的那面的墙不知怎么裂了一道缝,水就是从那里慢慢渗出来的,他要把冰箱挪动一下。冰箱很沉,里边塞满了东西。

妻子对孟冬说,说不定什么时候就会有大事了,汤加火山爆发了,土耳其那边的火山也爆发了,听说日本富士山也差不多了,也许明年真会是个没有夏天的年份,要多买些东西放起来,所以,厨房里的冰箱现在被妻子塞得满满的。这几天妻子总是不停地往家买东西,军用的那种压缩饼干和那种军用的午餐肉罐头,成箱成箱地买回来,都放在了北边露台上的储藏室里,还有各种干菜和豆类,妻子说到时候没菜吃可以用豆子生豆芽。她还仔细翻着书查了一下什么豆子最适合生豆芽,那就是黄豆和绿豆。

花生米也可以的。孟冬对妻子说,不过不太好吃。

妻子说花生米最容易生黄曲霉素,不能久存,要想不生病的话。

北边那个储藏室现在已经进不了人,想取里边的东西都很困难。有一次,孟冬想去找一本书,他的一些书都放在储藏室里边的铁架子上,结果他发现自己进不去了,东西堆得让他进不去,腿都无法迈进去。

妻子还对孟冬说要储备一些水,一旦有什么大事发生,最缺的东西应该就是水,到时候你去什么地方找水?你想咱们会不会被渴死!还有电,怎么照明?还有到时候煤气也会没了,你怎么办?妻子这么一说,孟冬就被吓了一跳,他坐在那里愣了好一会儿。紧接着妻子就把煤气炉子和防风蜡烛买了回来。过几天妻子又让人从下边扛上来十箱纯净水,水也是整箱整箱的,都被放在了北边的阳台上。

孟冬的妻子不但自己买,还时不时给外地的女儿打电话,女儿结了婚之后就去了外地。孟冬的妻子让女儿也多储备些东西,能多储备多少就储备多少,储备得越多越好,记住,最好还要多储存些绿豆和黄豆,还有那种干粉条,可以放很长很长时间,还有海带、霉干菜什么的。

霉干菜?女儿说。

对,霉干菜。孟冬的妻子说。

海带？女儿说。

对,海带。孟冬的妻子说。

女儿在电话里嘻嘻哈哈笑了起来,说这是多余,怎么也不会发展到这种地步,怎么会呢？

为了这,孟冬的妻子很是生气。但孟冬很佩服妻子,孟冬不知道自己要是真离开了这么个妻子还能不能生活下去,所以现在是妻子说什么他听什么。有时候连去超市他也要问一下妻子,去还是不去？

因为墙体往外渗水,小区说好了明天会有工人过来给检查一下。问题是,孟冬和妻子都担心是不是这栋楼的楼体发生了什么问题,如果那样的话就麻烦了。

你说会不会？妻子说。

不会吧？孟冬说。

会不会曾经有过地震？只不过是咱们没有察觉,比如那种轻微的？

妻子看着孟冬。

不会吧？孟冬又说。

地球真是要出问题了,也许明年真没夏天了。妻子说。

孟冬接不上话来了,他去了南边的阳台,看了看天上的云。

好像不会有什么事,我看了一下云。孟冬对妻子说。

没事就好。妻子的手机里存了不少地震云图。

问题是天上现在没有云。孟冬说。

妻子现在出去了,她前两天就预约好了,要去医院做一个检查——但主要是去开一些常用的药。她想好了,最好能准备一个家庭用的急救箱,这种东西医院里都有,顺便再给他开点外用药。妻子一边下楼一边给她过去的一个同事打电话,说储备食品最好先查一下保质期,什么保质期长就买什么,如果可能,还要准备一些药物,不然到时候你去哪里找药?

从春天开始,孟冬的脖子上就长了不少疙瘩,到现在还没好,而且总是有新的长出来。关于疙瘩的问题,孟冬的妻子还查了一下资料,她告诉孟冬长疙瘩跟一个人的荷尔蒙分泌有关,所以那几天他们总是吃完晚饭就早早上床,孟冬总是一倒下来就马上睡着了。

孟冬的妻子还准备给孟冬再开点外用药。

孟冬问站在门口的老妇人有什么事,其实他想对她说自己现在正在忙。

老妇人又朝屋里看了一下,小声说,我听到你们家的声音了。

我就住在楼下。老妇人说。

孟冬不知道这事,他好像从来都没见到过她。

老妇人对孟冬说自己是刚搬过来的,还不到一个月。

就我自己,我儿子住在另一个地方,在南方发展。

哦。孟冬哦了一声。

你们不是在打架吧?老妇人又小声问。

没有啊。孟冬回过头朝屋里看看,觉得这个老妇人是不是有点多管闲事。

没有就好,两口子过日子千万不要打架。老妇人说。

孟冬觉得和老妇人的交谈应该结束了。这种事他还从来都没有碰到过,这让他多少有点尴尬,尴尬之外还有那么一点温馨。

都三九了,天还不冷。老妇人又说。

真对不起,我以后争取小声点儿。孟冬说。

人老了就是睡不着觉,越安静越睡不着,有了动静就更睡不着。老妇人说。

孟冬想笑,但没笑,这句话其实是在说怎么都睡不着。

天气确实不错。孟冬说。

外边的阳光很好,虽然是冬季,但气温不是很低,有一只珠颈斑鸠落在窗子外一直不走。珠颈斑鸠的两只小爪子是红色的,这很好看。它现在还待在那里,孟冬想给它找点豆子什么的。孟冬在窗台上放了一个碗,时不时地会给它放点食物在里边。有时候他会朝楼下的院子里看看,看看那几只过来吃东西的流浪猫在不在。他不知道原来的那家人是什么时候搬走的,而老妇人又是什么时候搬进来的。孟冬此刻又想到了那些流浪猫,孟冬不知道那些猫还会不会过来找到东西吃,老妇人会不会像以前那家人给猫准备一些猫粮。

对不起,我还有事。孟冬小声对老妇人说。

那你忙吧。老妇人说,但她并没有走的意思。

晒晒太阳很好。老妇人说。

是很好。孟冬说,再也想不出什么话来了。

您看您搬来这么长时间我们也不知道,您是自己一个人吗?孟冬说。

就我自己。老妇人说。

我女儿也结婚了,他们在另外一个城市。孟冬说,他奇怪自己怎么会说这些。

别打架,好好吃饭过日子。老妇人又小声说,要下楼了。

我们中午吃饺子。孟冬觉得自己更奇怪了,怎么说这些?

我以前是教员。老妇人突然说。她为什么介绍自己?她岁数确实已经不小了。

我们中午吃胡萝卜羊肉馅儿饺子。孟冬又说。

孟冬觉得自己更奇怪了,怎么说这些?

妻子走的时候已经从冰箱里取了点羊肉馅儿出来,还有三根胡萝卜,都放在水池子里,妻子说中午要吃一顿饺子,上次买的饺子皮还有,在冰箱里冻着,但要化得迟一点。一般是,做饺子馅儿的时候,把它们从冰箱里取出来就行了。

化早了就会粘在一起。孟冬的妻子走的时候对孟冬说。

孟冬觉得自己待会就应该把胡萝卜弄出来,把馅儿拌好,等妻子回来包就行。妻子这几天太忙了,除了购物,她还会到处给亲戚朋友们打电话,说气候的事,说火山和海啸的事,说科学家们对明年夏天还会不会来的种种预测的事。说到最后,重点都会落在这句话上:要把食物和其他的生活必需品都准备好。

梅林牌的,记住,还有冠生园的,这两种罐头最好。

妻子在电话里不知对谁说。

孟冬在厨房又捣鼓了一会儿,然后去了南边的阳台,他想看看下边,结果就真的看到老妇人在那里晒太阳。夏天被吹倒的那棵老槐树还躺在那里,但现在只剩下一个巨大的树根,像磨盘那样侧立着,树干已经被什么人一段一段地锯走了。跟老妇人家紧挨着的那家人的院子里,那条狗在不安地走来走去。这是条灰白色的大狗,很不好看,虽然脖子那地方有一片地方颜色比较深,接近咖啡色,但还是不好看。这只狗很少叫,总是走来走去,总是很不安的样子。

狗看见二楼的孟冬了,停了下来,仰着头,孟冬朝它招了招手。

再往下看看,楼下晒太阳的老妇人像是睡着了。

孟冬反身又进了家,继续去挪动那个冰箱,其实他可以把冰箱里的东西全部取出来再挪,那样就轻多了,但他嫌麻烦。冰箱里的东西被妻子放得有条有理,其实是塞得满得不能再满,但很有条理,他怕自己一旦把冰箱里的东西取出来,那些东西就归不了位了,所以他懒得往外取。虽然明天小区才会派人来检查,但孟冬想早早把它挪开收拾一下最好。而且孟冬下午还要去参加一下小区的会议,据说要讨论一下一旦有突发事件发生小区的食品供应该怎么解决,比如食品和蔬菜怎么分配到每户人家。

你去了千万别忘了说水井的事。妻子对他说。

没有比水井更重要的事了。妻子又说。

这种事一般人肯定想不到。孟冬说。

水最重要了,比什么都重要。妻子对孟冬说,你等着看吧,到时候乡下日子要好过一些,有粮食和水就什么也不用发愁,美元和金子又不能吃。

孟冬觉得妻子说得对,乡下起码还有井。

孟冬又去了南边的阳台,又朝下看了一下,他也不知道自己想看什么,秋天的丝瓜还在楼下那棵树上挂着,有七八个吧,都已经枯萎了。

下午很快就到了,孟冬去了小区开会的地方。

其他的人早就都到了。人们正在七嘴八舌地说最近火山的事,虽然火山离他们都很远,在太平洋那边,但他们说得特别上劲,说火山的事就离不了海啸,他们是说一阵火山再说一阵海啸,说过来说过去好不热闹,这让他们很兴奋。他们好多人都是第一次听说"汤加",他们以前不知道还有这么一个国家。

孟冬进屋的时候冲那个胖子点了一下头,算是打招呼。

也许明年就没有夏天了,那就凉快多了。胖子也正在和那些人说火山的事,他把这话又说了一遍,他觉得自己很幽默,说完这话还看了看左右,笑了一下。但别人都没笑。

就这个胖子,是小区居委会的头头儿。

咱们开会吧,胖子说,他先来了一段开场白。

轮到孟冬发言的时候,他把自己的想法讲了出来,有人跟着就笑了起来,但马上有人说,你们别笑,他的这个想法太好了,因为什么?因为现在的城市,不单单是咱们这个城市,其他城市都一样,几乎都没有水井了,过去的水井都被填了,要是真有了什么大事,自来水供水一停,人们还真是要抓瞎,饿不死也会渴死。

人们突然都觉得这真是一件十分重要的事。

人们你看看我,我看看你,孟冬就把自己的想法又重复了一遍。

最重要的事就是要在小区里打一口井。孟冬说。

如果真出什么大事,饮水应该是最大的问题。孟冬又说。

是的,没有什么事更比这件事重要了。胖子想了想,好像是恍然大悟,如果没水澡也不能洗了,整个人都会臭了。

孟冬不知道胖子的名字叫什么,孟冬总是记不住这种事,但孟冬有时候能在超市里见到这个胖子。孟冬他们小区的对面就是超市,他们没事总爱去超市溜达溜达,孟冬没事总爱随手买些东西。孟冬昨天还对妻子说超市里边有两种胡萝卜,一种是洗过的,一种是没洗过的,其实两种胡萝卜都一样,但洗过的要比没洗过的贵一倍。所以孟冬就买了没洗过的那种。

孟冬有点走神了,但他马上又回到他们讨论的事情上来。

小区里可以打井吗?有人看着孟冬,地下会不会有水?

地下会没水吗?孟冬说,我们生活的地球实际上是一个水球。

是水包着火的球。旁边马上有人补充了一下。

然后人们就讨论应该在小区院子里的什么地方打井。

一般来说树长得茂密的地方下边就一定会有水。孟冬说。

孟冬这话是妻子告诉他的,因为那几天孟冬的妻子没事就会查一查资料,她知道了许多种打井的方法,其实这种知识对她一点点用都没有,虽然她最近最爱查的资料是什么食品的保质期最长。结果让她大吃一惊的是,有一种澳洲进口的奶粉居然说可以保质五十年。这让她发愣了好一会,她对孟冬说,这不太可能吧?

五十年?咱们也许早就不在这个世界了。

我也不相信。孟冬说五十年不可能,说话的时候,孟冬正对着镜子练习发声:

马——妈——骂——麻——

但蜂蜜可以保质一千多年。孟冬的妻子说。

人类离不开蜜蜂,孟冬说,蜜蜂要是没了,人类恐怕也没了。

马——妈——骂——麻——

蜂蜜真了不起。孟冬的妻子说埃及出土过两千年之前的蜂蜜,结果你猜怎么着?人们把那蜂蜜拿去化验了一下,发现其品质没发生一点点变化。

马——妈——骂——麻——

孟冬准备把那首歌唱得每一个音符都十分完美。问题在于不是人人都能领唱的。孟冬已经好多年没有领唱过了,这让他多少那么点兴奋。

小区的会开了一会儿就散了,除了打井的事,他们还研究了一下联欢晚会合唱的事。因为孟冬是领唱,胖子有什么事都喜欢跟孟冬商量,当然也仅限于联欢的事。胖子的意思是,是不是应该把大家叫到一起来练练,手风琴也借来了。孟冬说先分开练吧,大家现在都很忙,到时候合两回就行。

都是唱过的老歌,没什么问题。孟冬说。

胖子说,他马上就去打听一下可不可以打井的事,这事很重要。

对,这事才重要。孟冬说。

过了年再说吧。胖子马上又改变了主意,让打也是明年春天的事了。

也对,孟冬笑着说,先好好儿过个年,先大吃海喝。

过年应该吃素。胖子接过了孟冬的话题,胖子的思维特别活跃,总是跳来跳去,一下子从联欢跳到井,一下子又从井跳到春节吃素问题。孟冬又笑了一下,说实话,他在心里有点瞧不起这个胖子。

每年过年我都会胖上四五斤。胖子又笑了起来,他总是认为自己说话很幽默,或者他以为自己是幽默大师,他看了看左右,但旁边的人好像都没什么反应,人们正在往外走。

联欢会全靠你了。胖子拍拍孟冬。

大家一起玩儿。孟冬说。

这几天,因为联欢会的事,孟冬每天早上都要练练声,有时晚上也练,对着卫生间洗脸池上的镜子,用手机放要唱的那首歌的音乐,跟着唱。

这天晚上孟冬练声的时候,有人来敲门了,小心翼翼地敲了一下,再敲一下。

孟冬抢着去开了门,想不到门外又是那位老妇人。

孟冬不知道老妇人又有什么事,都这么晚了,孟冬笑着看着她。

你们家是不是有客人?还有人在唱歌。老妇人小声说。

对不起,对不起,孟冬说,过几天咱们小区有个联欢会,我有几个音符上不去,我练练,吵着您了。

没关系,没关系,反正我一个老太太也睡不着,你好好练。老妇人说。

不好意思,不好意思。孟冬说。

你练得怎么样啊?没事,你好好练吧,反正我也睡不着。老妇人又说。

孟冬把一只脚探出去猛地跺了一下,门外的灯又亮了起来。

孟冬回头朝厨房那边看了一下,妻子正在收拾那一大堆下午买来的东西,主要是牛肉和猪肉馅儿,当然还有鱼。她准备给女儿煮一些牛肉,再炸一些丸子,还得烧一些肉条,她现在正在忙。这够她忙一阵子的,她准备把这些东西做得稍微咸一点,可以多放些时候。

谁知道明年什么样呢?她对孟冬说,那个火山,昨天又喷发了一次。

要不这样吧,您岁数大了,上楼下楼也不方便,您加我个微信,我有什么事先告诉您,免得您还要为我们担心,您还得上来下去的。孟冬对老妇人说。那天他在阳台上看到老妇人在下边用手机看东西。现在人人几乎都有一个手机。

真的很抱歉,又吵着您了。孟冬说。

孟冬和老妇人互相加了微信。

这就好了,有什么容易惊动您的事我就先发微信给您。孟冬说。

孟冬又把一只脚探出去又猛地跺了一下,灯又亮了。

老妇人反身下楼,下得很慢。

孟冬又猛地跺了一下。

老妇人下到了下边一层,开门,关门,进家去了。

孟冬用手摸了摸自己的脖子,感觉到那地方又长了几个疙瘩。接着,他又去了卫生间,找了一面小镜子,他把小镜子放在后脖子那地方,然后对着洗手池上边的大镜子看。孟冬用手轻轻拍了一下自己的脖子,抹了一点妻子上午给他买的药。

怎么样,用我帮忙吗？孟冬然后去了厨房,对妻子说。

我在想,明年要是真的没有了夏天可怎么办？

妻子正在用力往开切牛肉,她对孟冬说。

孟冬又不知道该怎么回答了,他看着妻子。

可不是几天,是一年,也许两年,这种事情有过。孟冬的妻子说。

孟冬直到现在还弄不明白什么叫没夏天,怎么回事？

太阳给火山灰遮住了,整个地球都没了温度,到时候夏天会下雪。妻子说。

地里什么都不会长吗？孟冬说。

你想吧。妻子说。

真可怕。孟冬说。

所以要多储备些东西。妻子说,明天还要多出去买点东西。

对,应该的。孟冬说。

刚才是不是送快递的？方便面？妻子问孟冬。

是楼下的老太太。孟冬说。

她上来做什么？妻子说。

她听见我唱歌了。孟冬说。

这老太太以前是个老师。妻子说。

你怎么知道？孟冬说。

我前天给她送了一袋猫粮。妻子说,夸克牌的。

应该的。孟冬忽然稍稍有点感动,为妻子的这种举动。

咱们家可是有三个冰箱。妻子突然说,你能不能把小冰箱里边的茶叶都倒腾一下,里边也可以放一些肉,如果明年真的没了夏天,肉可要比茶叶重要。

妻子把又一块肉切开了,她用抹布擦了一下台面上的血水。

没有夏天也就不会有茶叶了。孟冬说。

你什么意思?妻子看着他。

我说得不对吗?孟冬又说。

到时候肉比茶叶重要。妻子说。

孟冬马上去了客厅,那个小冰箱就放在客厅靠阳台的一个方桌下边,方桌上那个方盆里是前几天才种下的水仙,才长出很小的叶片,一点点。放在桌下的小冰箱里都是茶叶,主要是绿茶,孟冬的妻子从不喝茶,但茶叶又都是她弄回来的,她去外边开会总是会带回来不少茶。她喜欢看孟冬没事坐在那里喝茶,是在她的劝说下孟冬才戒了酒开始喝茶的,孟冬以前可真能喝酒。孟冬把小冰箱里的茶叶都取了出来,放在一个很大的手提包里,还真不少。

孟冬的妻子继续在厨房里收拾她买来的牛肉和猪肉,孟冬又去了厨房,他想不到肉被妻子收拾了一下显得更多了,简直是太多了,一盆,一盆,一盆。

这么多?孟冬说。

要是明年没了夏天,你就会觉得肉不多了。妻子说。

我可吃不了多少。孟冬说,人胖了可不是什么好事。

妻子说这些肉做好后一半儿都会寄给女儿。

咱们只留一半。妻子说。

我还要炸一些面食。妻子说。

我还要炒一些不甜的炒面。妻子说。

炒炒面做什么？孟冬说。

咱们要多存一些能放得住的东西。妻子又说。

妻子把一部分肉切成了很小的块儿，她现在开始剁肉馅儿，嘭嘭嘭嘭、嘭嘭嘭嘭、嘭嘭嘭嘭。她认为剁的肉馅儿要比用绞肉机绞出来的好吃。

孟冬忙去了另一间房，他给楼下的老妇人发了一条短信：

我爱人正在剁肉馅儿，她白天实在是太忙了，请您原谅。

老妇人马上就回了一条短信：

是牛肉还是猪肉？

孟冬又回了一条：

牛肉、猪肉都有。

老妇人的短信又马上回了过来：

牛肉里边一边剁一边多加点水，猪肉少加点。

孟冬去了厨房，把手机上的短信拿给妻子看。

两个人都笑了起来，觉得这个老妇人挺可爱的。

孟冬又给老妇人回了一条短信，只有两个字：好的。

孟冬的妻子把肉馅儿剁完已经不早了，但她还坚持要给孟冬调理一下荷尔蒙。当然是用她的方法，用大家都会也都乐于做的那种原始方法。

你不累吗？今天就算了吧。孟冬说，看着自己的光脚。

妻子说生理性的调理有时候要比药物调理好得多。

孟冬的妻子把床单换了一下,脱了衣服躺平了,调理完荷尔蒙,两人才分开,他们要睡了。孟冬却突然低声叫了起来,他想看看楼下的老妇人给自己回了短信没有,却发现自己刚才打错字了,手机经常会出现这种低级的错误。

孟冬发给老妇人的"好的"不知怎么变成了"妈的"。

妻子忍不住大笑了起来,孟冬也忍不住笑了。

孟冬马上又给老妇人回了个短信,说明了原因,说明了这不过是手机出的错,问题是手机总会出这种错,这根本就不是第一次,已经好多次了。隔了一会儿,孟冬又给老妇人发了短信。这一回,老妇人那边还是没一点动静,她不回短信了,不像往常那样马上会把短信回过来。

也许已经睡了?孟冬对妻子说。

也许吧。妻子说,看了看表。

也许她已经气坏了。孟冬说。

孟冬的妻子忽然就又笑了起来,她怎么也忍不住想笑。她这么一笑孟冬也就跟着笑,两个人觉得这件事太好玩儿了。

也许是真气坏了。孟冬又说。

孟冬的妻子说老年人一旦生气都是真生气,要不她肯定会回短信的,我相信她肯定没睡,这一夜她也许都睡不着了。

后半夜,孟冬起身去卫生间,顺便看了一下手机,老妇人那边还是没有回短信,孟冬又轻手轻脚上了床,把自己蒙在被子里笑了好一会儿。

早上刚过六点,孟冬就起来了,他又给楼下的老妇人发了一个短信,但老妇人那边仍然没有一点点动静。

妻子已经做好了早饭,有孟冬喜欢的培根,煎得很好,但孟冬没有一点点食欲。

我都不想吃早饭了。孟冬对妻子说。

妻子摇了摇头,你既然已经把话说到了。

我不明白手机是怎么回事,怎么总是出这种错。孟冬说。

解释完了就不要再说了,这种事越说多越不好。妻子说。

孟冬想想也是,就坐在那里,闭上眼,居然睡着了。

早饭在桌上放着,孟冬的妻子下去了,因为送快递的来了,她在网上买的方便面送了过来。在这方面,她比较迷信上海,她买的是上海的那种老牌子方便面。而罐头不是梅林就是老冠生园的。

好家伙! 孟冬叫了一声,他醒了过来,看着面前那好大一堆的方便面。

这么多! 孟冬说,他数了数,整整十箱。

这还多,要是明年没了夏天怎么办?你想想看?妻子说。

也是,到时候也许夏天都得穿棉衣,因为没夏天了。孟冬说。

孟冬没了胃口。他不想吃早饭了,去了南边的阳台,现在时间还早,下边没什么动静。到了中午,妻子在厨房里炸丸子,油烟滚滚的,妻子的丸子炸得真好,颜色也好看,红红的,孟冬尝了一下,但他还是没有胃口,他又去了南边的阳台,站在阳台上朝下看,又看了看手机,手机里还是没任何动静。

下边那条狗看见他了,仰着脸,也不叫。

孟冬朝它挥了挥手,又用手摸了摸自己的脖子,闭上了眼睛。他想用手机对老妇人说点什么,但他不知道应该说什么,能说什么呢?

反正到了明年也许连夏天都不会有了,管他呢。

孟冬对自己说。